मेला

वाणी प्रकाशन
21-ए, दरियागंज, नई दिल्ली-110002
फोन : 23273167, 23275710, 51562622 फैक्स : 23275710
e-mail : vani_prakashan@yahoo.com
vani_prakashan@mantraonline.com

मेला

किशोर कुमार सिन्हा

ISBN : 978-81-7055-072-3

वाणी प्रकाशन
21-ए, दरियागंज, नयी दिल्ली-110002
द्वारा प्रकाशित

संस्करण : 1998
संस्करण : 2006

मूल्य : 100.00

आवरण : वाणी चित्रांकन
जयभारत प्रिंटिंग प्रेस, दिल्ली-110032
द्वारा मुद्रित

MELA
(Novel)
by Kishor Kumar Sinha

भूमिका

भारतवर्ष मेलों का देश है। हर गांव में, कस्बे में, शहर में, हर साल कोई-न-कोई, जुलूस, तमाशा होता है। इनमें से हर एक किसी-न-किसी घटना, त्यौहार या पर्व से जुड़ा होता है। मेले लगते भी खास जगहों पर हैं। किसी मन्दिर के सामने, बाबा की कुटिया के पास, पीर के मज़ार के चारों ओर या फिर किसी तालाब या नदी के किनारे। लेकिन गंगा के किनारे लगने वाले मेलों की बात ही और है। हजारों-लाखों गाँववासी बरबस खिचे चले आते हैं इस नदी के तट पर। क्यों भला ? क्या मिलता है गंगा तट पर ? ऐसा क्या है गंगा में कि इसकी वजह से ठंड से ठिठुरते औरतें, बच्चे, बूढ़े डुबकी लगाकर नहाते हैं। शायद गंगा में पाप धोने की शक्ति है और पुण्य देने की भी। लेकिन इसे प्रदूषित करनेवालों की तादाद बढ़ती ज़ा रही है। आखिर कहाँ तक पाप धोयेगी गंगा ! इसी प्रश्न का उत्तर खोजने की कोशिश की है मैंने इस उपन्यास में।

—किशोर कुमार सिन्हा

यह कहानी है जौनगढ़ की। जौनगढ़ में बह रही नदी के तट पर लगने वाले देहाती मेले की। जौनगढ़ कहाँ है. क्यों है, यह सब कहना जरूरी नहीं है। बस इतना कह सकते हैं कि जौनगढ़ जौनगढ़ था और आगे आने वाले सैकड़ों सालों तक जौनगढ़ ही रहेगा। केवल नाम से ही नहीं, अपनी रूप-रेखा से भी। कहा जाता है इस इलाके में मुगलों के जमाने से पिंडारियों के काफिले आकर बसते रहे थे। खेत, घरबार होने के बावजूद शाम होते ही रगों में पुराना खून हरकत करने लगता था और दिन में शरीफ दिखने वाला मजदूर बित्ते-भर का चाकू कमर में खोंसे लूटपाट और पकड़ करने निकल जाता था। कुछ लोग अब भी इसी परिपाटी पर चल रहे हैं।

जौनगढ़ आने का रास्ता जी० टी० रोड से होकर है। राजधानी से दिल्ली जाने वाली सड़क के पचहत्तरवें किलोमीटर के तिराहे पर मील-पत्थर लगा है जिस पर तीर के निशान के आगे लिखा है 'जौनगढ़—पचपन किलोमीटर'। इसी तिराहे के किनारे परिवहन निगम का बस अड्डा है। अजीब उजड़ा-उजड़ा-सा। किसी भी समय यहाँ तीन से ज्यादा बसें दिखाई नहीं देतीं। शाम के पाँच बजे के बाद केवल इक्का-दुक्का बसें ही जौनगढ़ जाती हैं। उनमें सवारी कम ही रहती हैं। इस अड्डे पर बने ढाबों पर तेल में तली लाल रंग की पकौड़ियाँ, काले रंग की चाय और सोडे की बोतलें मिलती हैं। पुस्तकों की एक दुकान भी है। इस पर दो-दो रुपये में सनसनीखेज नावेल बिकते हैं, 'पढ़ो और फेंको'।

जौनगढ़ जाने वाली सड़क इकहरी है। एक बार में एक वाहन। यदि दूसरा वाहन चलता है तो कच्ची सड़क पर। वैसे यहाँ ट्रैक्टर और बैलगाड़ी ज्यादा दिखाई देते हैं, बस और कारें कम या फिर सरकारी जीपें। सड़क के

दोनों ओर खेत हैं। जौनगढ़ का इलाका तिराहे से दस किलोमीटर आगे काली नदी के ऊपर बने इकहरे पुल पर से शुरू होता है। इस पुल पर भी एक बार में एक ही वाहन निकलता है और जितनी बार वाहन निकलता है उतनी बार ही इस पुल के ध्वस्त होने की आशंका उत्पन्न होती है। इसको पार करते ही दायें हाथ पर एक बड़ा-सा ऊबड़-खाबड़ जमीन का 'कटरी' का इलाका है। जगह-जगह घास उगी है और कुछ पेड़। नदी किनारे नहर विभाग का डाकबँगला भी है। यह डाकबँगला खंडहर बन चुका है। केवल यहाँ के वफादार चौकीदार की बदौलत एक-दो कमरों के दरवाजे बरकरार हैं। अक्सर लोग इस डाकबँगले को अनदेखा कर आगे निकल जाते हैं, जौनगढ़ की ओर। यह इकहरी सड़क दो-तीन कस्बों को पार करती हुई पहुँचती है। बकसई गाँव के ऊसर में बन रही हवाई पट्टी के सामने। यह हवाई पट्टी यहाँ के निवासियों को इक्कीसवीं सदी का एहसास दिलाती रहती है। पिछले पाँच वर्षों से इन्तजार कर रहे ग्रामीणों को अब भी यह आशा है कि एक न एक दिन यह हवाई पट्टी पूरी अवश्य हो जायेगी। हवाई पट्टी के चारों ओर ऊसर ही ऊसर है। नमक की सफेद चादर से ढका हुआ मीलों लम्बा मैदान। बरसात में यह मैदान एक बड़ी झील में बदल जाता है। आस-पास का इलाका मिट्टी का एक चिपकने वाला दलदल बन जाता है। इस दलदल में पैदल चलना भी सम्भव नहीं होता।

हवाई पट्टी के सामने से गुजरती सड़क जौनगढ़ शहर में पहुँचती है। दो रास्तों में से एक रास्ता जौनगढ़ सेंट्रल जेल की ओर से गुजरते हुए जौनगढ़ को जाता है। इस रास्ते पर बिल्कुल भी आबादी नहीं है। दोनों ओर ईंट के भट्ठे हैं। जौनगढ़ में घुसने से पहले रेलवे क्रासिंग और उसके पास सड़क पर बने हुए बड़े से गड्ढे को पार करना होता है। रेलवे क्रासिंग के बाद चौकी चुंगी, जिला कारागार, पुलिस लाइन, फायर स्टेशन, डाकबँगला और कचहरी।

दिन के समय कचहरी के सामने से निकलना आसान नहीं है। चारों ओर रिक्शे-ताँगे, स्कूटर, जीपों से रास्ता जाम रहता है। बाकी बची हुई जगह में पैदल चलने वालों का हुजूम। इस हुजूम में सबसे ज्यादा संख्या न्याय की आशा में आये हुए ग्रामीणों की होती है। शेष होते हैं सरकारी

कर्मचारी, नेतागण और कुछ सरकारी नेतागण।

कचहरी के पीछे नदी का किनारा है। मीलों लम्बा 'भूड़' घास का मैदान जो बरसात में पानी के सैलाब में बदल जाता है। 'कटरी' के इस इलाके में रात को भयानक खामोशी छायी रहती है। उस समय यहाँ जंगली भेड़ियों का राज रहता है या फिर चोर-डकैतों का जो यहाँ अपनी कमाई का हिस्सा-बांट करते हैं। यदा-कदा इस कटरी में आपसी मामलों का निपटारा भी होता है। उस समय आपसी मामलों में दखल देने वाला कोई आदमी आस-पास नहीं होता। नदी की यह कटरी जौनगढ़ के आस-पास के कई जिलों के चोर-लुटेरों का आज भी शरणस्थल है।

जौनगढ़ में घुसने का दूसरा रास्ता है बाजार के बीच से होकर। यह बाजार एक किलोमीटर लम्बी सँकरी सड़क के दोनों ओर बसा हुआ है। इस बाजार को देखकर कोई भी बाहरी व्यक्ति बड़े शहर में होने का अन्दाजा नहीं लगा सकता। एक किलोमीटर लम्बे रास्ते का सफर तय करने में किसी भी वाहन को कम से कम तीस मिनट लगते हैं। सभी तरह की दुकानें हैं इस बाजार में। जूते बनाने की दुकान, हलवाई, सुनार, टेलीविजन, अरिस्ट्रोक्रेट सूटकेस, टीन के बक्से, लोहे के पाइप, टायर, साइकिल, गन्ने का रस, आलू, कपड़े, सिले हुए कपड़े, खिलौने, स्कूटर शाप, दाल-चावल, मिर्च, गेहूँ इत्यादि-इत्यादि। अपने आप में परिपूर्ण बाजार है यह ! इसी बाजार के चारों ओर फैली है जौनगढ़ की घनी बस्ती।

जौनगढ़ की बस्ती के घनत्व का अन्दाजा यहाँ के मोहल्लों के अन्दर ही जाकर लगाया जा सकता है। पतली सड़कें, ऊँचे मकान, कीचड़-भरी नालियाँ और लगभग हर मकान में एक कुटीर उद्योग। कहीं छपाई और कढ़ाई। कहीं धोतियों की छपाई भी होती है। कहीं कनस्तर की खट-खट पाँच-पाँच मंजिला ऊँची इमारतों में। अगल-बगल मकान बनाने की जगह नहीं बची है इसलिए अब मकान केवल आसमान की ऊँचाई की ओर बढ़ रहे हैं।

बाजार से कचहरी की ओर जाने वाली सात किलोमीटर लम्बी सड़क तरह-तरह के अजूबों से भरी है लेकिन इनमें से कुछ ही आगन्तुकों का ध्यान अपनी ओर खींचते हैं। मसलन किंग जार्ज क्रिश्चियन बॉयेज कालेज, मेमोरियल हास्पिटल की लाल रंग की बिल्डिंग। मेमोरियल हास्पिटल की

बिल्डिग देखने में काफी आकर्षक है लेकिन इसके बारे में सबसे मशहूर बात यह है कि कुछ समय पूर्व यहाँ डाक्टरों व नर्सों में आपसी झगड़ा हुआ था और यह अस्पताल एक वर्ष तक बन्द रहा था। हास्पिटल के आगे है एक बड़ा-सा तालाब जो कि अक्तूबर के महीने में सूख जाता है और यहाँ शहर की रामलीला होती है। इसे रामलीला का गड्ढा कहा जाता है।

रामलीला के गड्ढे से पूर्व की ओर आगे बढ़ें तो आता है हनुमान जी का मन्दिर। इस मन्दिर में मिट्टी और गोबर से बनी हुई हनुमान की तीस फुट ऊँची और हर दृष्टि से बीभत्स मूर्ति खड़ी है। हर मंगलवार को यहाँ अच्छा-खासा मेला लगता है। इस मन्दिर के आगे है सब्जी का बाजार और फिर जौनगढ़ का चौराहा जो जौनगढ़ कैण्ट और सिविल एरिया का मिलन विन्दु है। म्यूनिसपैलिटी ने चकाचौंध बल्ब लगाकर यहाँ की चहल-पहल बढ़ा दी है। शाम के समय यहाँ पान की दुकानों पर सफेद पायजामा और सिल्क का कुर्ता डाटे दादा लोग दिखायी पड़ते हैं! इसी चौराहे से थोड़ा हटकर, सड़क के बीचोबीच बैठकर ग्वाल टोली की दस-पन्द्रह गायें जुगाली करती हैं। सरकारी जीपें और प्राइवेट कारें इनके इर्द-गिर्द होकर निकल जाती हैं। यही सड़क आगे कचहरी की ओर निकल जाती है। चौराहे से दूसरी सड़क जाती है गंगा तट की ओर। गंगा घाट का पुल यहाँ से पाँच किलोमीटर दूर है। गंगा घाट के पहले ही जौनगढ़ का देहात शुरू हो जाता है। इस देहात में प्रगति और विकास के नाम पर कुछ सड़कें बन गई हैं और बिजली के कुछ खम्बों पर इक्का-दुक्का तार बिछे हैं। इसके अलावा यह अब भी आज से सौ वर्ष पूर्व की भाँति कृषिप्रधान है। गाँवों के अन्दर कच्चे मकान, नालीनुमा दलदली कच्ची सड़कें, पेड़ के नीचे लग रहा स्कूल, पुराना ककइया ईंट का बना छत-विहीन पंचायत घर। ग्रामवासी गेहूँ, जौ, चना, मक्का की फसल पर साल दर साल जीते हैं। हाँ, आजादी के बाद कुछ प्रगतिशील किसान जरूर पैदा हो गये थे और वे लोग गन्ना, मूँगफली, आलू की 'कैश क्राप' उगाने लगे हैं।

शहर के पच्चीस किलोमीटर दूर ऐसा ही एक ग्राम गुड़ेरा का मजरा है गाँव कलसान। रामसनेही पुत्र रामखिलावन अपनी बीवी कमली के साथ इसी गाँव में रहता था। सौ परिवारों वाले ग्राम गुड़ेरा के मजरे कलसान में

वो पिछले पचास साल से रह रहा था। उसके पास कोई साढ़े तीन बीघा जमीन थी। कुछ अच्छी कुछ रेतीली। सिचाई का कोई साधन नहीं था इसलिए केवल बरसात में मक्का की ही फसल होती थी। दूसरी फसल न होती थी और न कभी उसने उसे करने की कोशिश की। गाँव के बहुत से लोगों ने बैंक से कर्ज लेकर अपने-अपने बोरिंग करा लिये थे। रामसनेही ने भी कोई दस वर्ष पहले एक 'दरखास' दी थी 'बिलाक' में। ब्लाक के किसी कर्मचारी ने दरखास्त बैंक में भेजने के पचास रुपये माँगे थे। रामसनेही पचास रुपये जुटा नहीं पाया इसलिए उसकी दरखास्त बैंक नहीं गई और न ही उसे कर्जा मिला और न ही उसके यहाँ बोरिंग हुई और न ही वो अपनी जिन्दगी में अपने खेत में दूसरी फसल बो पाया। एक ही फसल बोने की वजह से वो अपने खेत में साल में केवल तीन महीने काम कर पाता था। दो-तीन महीने उसे सड़क पर मिट्टी डालने का काम मिल जाता था। गाँव के आस-पास कुछ सड़कें कई वर्षों से लगातार बन रही थीं और उन पर हर वर्ष काम होता था मिट्टी डालने का। रामसनेही को भी हर साल दो महीने काम मिल जाता था। साल के बाकी महीने वो खाली रहता था। सन्तान कोई थी नहीं। शादी के बाद दस साल तक उसके कोई सन्तान नहीं पैदा हुई थी। बहुत हकीम, वैद्यों का इलाज करवाया। बाबाओं, साधुओं और तांत्रिकों से गण्डे-तावीज बनवाये। कमली की गोद कभी हरी नहीं हुई। आखिर में तंग आकर उसने पाँच वर्ष पूर्व अपनी नसबन्दी करवा ली थी। सरकार की तरफ से डेढ़ सौ रुपया और एक कम्बल मिला था।

रामसनेही हर साल एक महीना गंगा के किनारे झोपड़ी डालकर रहता था। कमली भी साथ जाती थी। मकर संक्रान्ति दस दिन बाद आने वाली थी। मेला लगने वाला था। रामसनेही ने गंगा किनारे जाने की तैयारी शुरू कर दी। अपने और कमली के कपड़े एक काले रंग की दसियों वर्ष पुरानी सन्दूकची में बन्द किए। एक गठरी में दो कम्बल, और एक बिछाने की दरी बाँध ली। टीन के कनस्तर में दस किलो आटा, दो किलो चावल, थोड़े-से मसाले व नमक-मिर्च रख लिया। बस तैयारी पूरी हो गई। कनस्तर कमली को थमाया, बाकी सामान अपनी पीठ पर लाद लिया और चल दिया रामसनेही गंगा किनारे कल्पवास करने।

रामसनेही और कमली पच्चीस किलोमीटर की रोंगटे खड़ कर देने वाली यात्रा बस द्वारा पाँच घण्टे में पूरा करके गंगाघाट पर पहुँचे। इस बार बस वाले ने एक-एक रुपिया ज्यादा लिया था। बस के कन्डक्टर का कहना था कि सरकार ने टैक्स का रेट बढ़ा दिया था। बस ने गंगा घाट के पुल के पास उतारा था। इस समय पुल के आस-पास तक खोमचों, चायपान की दुकानों की भरमार थी। पिछले साल से भीड़ भी लगभग दुगुनी लग रही थी। पुल के नीचे मीलों गंगा की बालू फैली हुई थी। नदी ने फिर दिशा बदली की थी और बालू के बीच में कई जगह पानी भरा हुआ था। नदी के किनारे वाली जमीन पर किन्हीं लोगों ने खीरा, ककड़ी, तरबूज और खरबूज बोये हुए थे और यहाँ-वहाँ कुछ झोपड़ियाँ पड़ी हुई थीं। कुछ एक स्थानों पर लगे छोटे-बड़े तम्बू आगामी दिनों में लगने वाले खेलों की घोषणा कर रहे थे।

रामसनेही अपना बोरिया-बिस्तर उठाये घाट की ओर चल दिया। बन्धे की तरफ मुड़ा ही था कि किसी ने उसे आवाज लगाई —

"का हो, रामसनेही, दुई दिन देरी से आये रहे हो इस बेर।" बोलने वाला आदमी, भारी भरकम, लगभग पाँच फीट चार इंच लम्बा, झब्बेदार मूँछों वाला था। सफेद पायजामे पर लम्बा गेरुये रंग का कुर्ता पहने था और गले में रुद्राक्ष की माला के साथ लाल-पीले रंग का मफलर भी लपेटे हुए था। कुर्ते के अन्दर से निकलकर आया हुआ जनेऊ बायें कान में लिपटा हुआ था। आँखों में उसकी अजीब मक्कारी झलक रही थी। रंग साँवला, दाढ़ी बनी नहीं थी लगभग एक सप्ताह से। नाम इसका था गुरुस्वामी 'चैतन्य'।

गुरुसेवक भैंरों बाबा का चेला था और इसका मुख्य कार्य भैंरों बाबा के डेरे में बहलाकर-फुसलाकर या धमकाकर भक्तगणों को लाने का था। कुशाग्र बुद्धि होने के कारण गुरुसेवक पुराने भक्तगणों के नाम और चेहरे दोनों पहचानता था। पहचान के लिए उसने अपने पास एक डायरी भी बना रखी थी। इस डायरी में केवल भक्तगणों के ही नाम नहीं वरन् उनके पूरे कुनबे का लेखा-जोखा रखता था गुरुसेवक।

गुरुसेवक भक्तगणों को बाबाजी के डेरे की ओर आकर्षित करने के

कई हथकण्डे अपनाता था। कुछ लोग—जिनमें कि रामसनेही भी एक था, केवल भैंरों बाबा की असीम शक्ति, मंत्र-तंत्र, ज्ञान, चमत्कार, भविष्य-वाणियाँ करने की क्षमता का बखान सुनकर ही इतने प्रभावित हो जाते थे कि सीधे गुरुसेवक से बाबाजी के दर्शन कराने का आग्रह करते हुए डेरे में चले आते थे। इस श्रेणी में सबसे ज्यादा संख्या ग्रामीण अंचलों के सीधे-साधे किसानों की होती थी। पढ़े-लिखे पैसे वाले ग्रामीणों को भैंरों बाबा के डेरे की ओर ले जाने के लिए कुछ अधिक मेहनत करनी पड़ती थी। वे लोग केवल बाबाजी के चमत्कारों के बारे में बखान से ही प्रभावित नहीं होते थे। इनको बाबाजी के कुछ चमत्कार दिखाने भी पड़ते थे। सबसे आसान था हस्तरेखा को पढ़कर भविष्यवाणी करना और बीते हुए समय के बारे में बतला देना। भैंरों बाबा की साख बीते समय के बारे में बताने की अच्छी थी।

कुछ ग्रामीण जन इन दोनों श्रेणी से हटकर अलग श्रेणी में आते थे जिसे 'अड़ियल श्रेणी' का कहा जा सकता है यानि कि सीधे तरीके से बात न समझने वाले। इन लोगों के लिए गुरुसेवक ने एक टेढ़ा तरीका निकाल रखा था। यह तरीका था डराने-धमकाने का। जब लाख समझाने पर भी कोई अड़ियल ग्रामीण डेरे में जाने से कतराता था तो गुरुस्वामी उसको एक-दो धौल जमाकर जेब से छः इंची रामपुरी चाकू निकालकर दिखाता और कहता—

"अरे मूर्ख तेरी खुपड़िया माँ कछु घुसता ही नहीं है ससुरे। ठीक है मत आ बाबाजी के डेरे में। बाबाजी महापराक्रमी हैं। तूने मेरा वक्त बरबाद किया है और बाबाजी की बेइज्जती किया है। इतना भयंकर श्राप दिलवाऊँगा कि सात पीढ़ियाँ नर्क में सड़ेगा। जा मर।"

अच्छे से अच्छे अड़ियल ग्रामीण इस श्राप के डर से भैंरों बाबा के डेरे में कल्पवास करने चले जाते थे।

रामसनेही पिछले कई वर्षों से भैंरों बाबा के डेरे में कल्पवास कर रहा था इसलिए गुरुस्वामी ने उसे दूर से पहचान लिया। रामसनेही ने उसको प्रणाम करते हुए कहा, "क्या करें महराज फसल बिके माँ देर हुई गई, ऊपर से बसिया आउत ही नहीं। अब सब टेंट उठ चुका है।"

"इस बेर दस रुपिया ज्यादा लगेगा।" गुरुस्वामी ने कहा।

"गुरुजी, इस बेर हर जगह दाम मिहँगे हुई गये हैं। का बात है।" रामसनेही ने बड़ी हिम्मत करते हुए गुरुस्वामी से पूछा। गुरुस्वामी जैसे इस मौके का इन्तजार ही कर रहा था। उसने जोर से चिल्लाकर बोलना शुरू किया जिससे कि आस-पास के लोग भी सुन लें।

"दाम तो बढ़ेंगे ही। यह सब सरकार का किया-धरा है। गंगा की इस धरती पर कभी कोई टैक्स नहीं लगा आज तक। भैंरों बाबाजी सारा इन्तजाम करते रहे मुफ्त। पानी, हण्डा, बत्ती, झोपड़-पट्टी किस चीज की कमी रही। अब इस बेर एक नयी चीज जो पैदा हुई गयी है 'मेला समिति'। सब कुछ मेला समिति ही कर रही है। कहते हैं सड़क भी बनायी है, मनोरंजन भी होगा, दुकान ठेला भी लगेगा, रोशनी भी होगी, सर्कस भी लगा है। खर्चा अन्धाधुन्ध हो रहा है। ये खर्चा कहाँ से आये, अब तुम्हारी जेब से ना। टैक्स लगा है रेट तो बढ़बइ करें। अब।" इतना सुनाकर गुरुस्वामी तेज कदमों से डेरे की ओर चला गया। रामसनेही ने गर्दन घुमाकर चारों ओर देखा। इस जगह की काया पलट हो गयी थी। पिछले वर्ष जहाँ बालू की ऊबड़-खाबड़ जमीन और गड्ढे रहते थे वहाँ चौड़ी सड़क बनी हुई थी। सड़क के बीच में बल्लियों पर बिजली के तार खिंचे थे। जगह-जगह बड़े-बड़े तम्बू और खेमे गड़े हुए थे। रामसनेही भौंचक्का रह गया। विस्मित भाव से आस-पास का नजारा देखते हुए भैंरों बाबा के डेरे की ओर चल दिया। रामसनेही को बस का किराया बढ़ने का कारण कुछ-कुछ समझ में आ गया।

भैंरों बाबा का डेरा गंगा के किनारे की बलुई सतह पर दो हजार गज जमीन में फैला हुआ था। डेरे के चारों ओर घास की रेलिंग लगी थी। बीचो-बीच गोलाकार झोपड़ीनुमा घर बना हुआ था जिसके ऊपर लाल रंग का तिकोना झण्डा लहरा रहा था। इस झोपड़ी के सामने बड़ा चबूतरा था जिस पर करीब दो सौ आदमियों के बैठने की जगह थी। इसके एक ओर शिवलिंग स्थापित था। झोपड़ी और चबूतरे के चारों ओर कल्पवासियों के छोटे-छोटे तम्बू लगे हुए थे। इन तम्बुओं की लम्बाई पाँच फुट और चौड़ाई तीन फुट। ऊँचाई इतनी थी कि अन्दर बैठकर ही प्रवेश किया जा सकता था। हर तम्बू के आगे छोटा-मोटा बेतरतीब आँगन-सा था जिसमें बैठी

औरतें खाना पका रही थीं। लगभग हर तम्बू अपने में अलग-सा था क्योंकि हर कल्पवासी ने तम्बू खुद बनाया था। डेरे वाले उसे जमीन देते थे। तम्बू और फूस किराये पर लेना पड़ता था।

टेण्ट की जगह का किराया डेरे के बाबा को देना पड़ता था। इसके अलावा किसी और डेरे में जाने की इजाजत नहीं थी। पूजा-पाठ गंगापूजन सब भैंरों बाबा के यहाँ। रोज सुबह दस बजे से बाबाजी का प्रवचन होता था। उनकी झोपड़ी के सामने बने चबूतरे पर प्रवचन सुनने जाना जरूरी था। प्रवचन के बाद डेरे में बैठे हुए कल्पवासी बाबाजी के पैर छूते थे और चढ़ावा चढ़ाते थे। कम-से-कम एक रुपिया, फल-सब्जी-गल्ला अलग। मेले में भैंरों बाबा के अलावा चार और डेरे लगे थे। डण्डी बाबा, अँगूरी बाबा, सनातनी बाबा और करोरी बाबा। हर बाबा के डेरे का रंग-रूप कुछ ऐसा ही था लेकिन हर डेरे में अलग-अलग रंग के झण्डे थे। डण्डी बाबा का केसरिया रंग का, अँगूरी बाबा का हरे रंग का, सनातनी बाबा का सफेद रंग का और करोरी बाबा का पीले रंग का। हर डेरे में रोज सुबह पूजा-पाठ होता था। हर डेरे में कल्पवासी रुके हुए थे। बाबाजी को भेंट-पूजा चढ़ाने के लिए।

पहली बार बनी मेला समिति का सबसे महत्वपूर्ण सदस्य था प्रभूदास। प्रभूदास मेला कमेटी का सचिव था। कद पाँच फुट पाँच इंच, रंग साँवला, भारी-भरकम कद-काठी, मोटे होंठ, लाल डोरे उभरे हुए, बड़ी-बड़ी आँखें, नीचे का ओठ जरूरत से ज्यादा मोटाई लिये हुए, चलते समय दायाँ पैर कुछ खिचता हुआ, कमर थोड़ी-सी आगे को झुकी हुई। कन्धे भारी होने के कारण कुछ-कुछ गौरिल्ला की तरह हाव-भाव पैदा करते थे। प्रभूदास बात करते समय केवल सामने की ओर देखता था और भारी गम्भीर आवाज में बोलता था। सामने खड़े व्यक्ति की आँखों में न झाँककर उसकी नजर व्यक्ति को भेदती हुई-सी निकल जाती थी। बात करते समय वह हमेशा

नाराज नजर आता था। ऐसा लगता था कि वह ही सब कुछ कर रहा है। बहुत कुछ करना चाहता है लेकिन कोई उसके साथ सहयोग नहीं कर रहा है।

प्रभूदास सरकारी सेवा के अब तक तीस वर्ष पूरे कर चुका था। उसके बाल सफेद हो गये थे, केवल धूप में नहीं, सरकारी सेवा के फलस्वरूप। इन तीस वर्षों में प्रभूदास प्रदेश के अनेकानेक जिलों में तैनात रह चुका था। कई विभागों का काम देख चुका था। सभी तरह की परिस्थितियों से गुजर चुका था। ज्यादातर हथकण्डे सीख चुका था और अब इस जनपद में आ गया था सेवा समाप्ति के दो वर्ष पूर्व। अब वह अपने को सरकारी सेवा से ज्यादा जनसेवक समझने लगा था।

प्रभूदास को मेले लगाने का खास शौक था। उसने कई बार मेले लगाये और हर बार उसका शौक बढ़ता गया। इस काम में फायदा था अगर मेहनत की जाय तो। यह मेला भी उसके लिए कामधेनु गाय की तरह था। मेले के बीचोबीच बालू के ऊँचे टीले पर प्रभूदास का टेण्ट लगा हुआ था। प्रभूदास लगभग चौबीस घण्टे वहाँ रहता था। उसके साथ उसका परिवार व उसके आस-पास दूर-दराज के रिश्तेदार भी आकर रहते थे।

अभी मेले की शुरुआत थी, काम बहुत था समय कम। साधू-महात्माओं ने अपने-अपने डेरे जमा लिये थे और उनमें कल्पवासी आने लगे थे। प्रतिदिन संख्या बढ़ रही थी। इसके साथ ही मेले में बाजार में दुकानें भी आने लगी थीं। खेल-तमाशे और नौटंकी वाले भी आ गये थे। उन सबको जगह नाप-नाप कर देना, बिजली का कनेक्शन देना इत्यादि-इत्यादि तमाम काम थे। इन सभी में उलझा हुआ था प्रभूदास और दोपहर की धूप में अपने टेण्ट के आगे आरामकुर्सी पर अधलेटा हुआ वह सिगरेट फूंक रहा था।

"प्रभूदासजी, नमस्कार", लगभग चिल्लाते हुए एक व्यक्ति ने पीछे से आकर प्रभूदास का ध्यान अपनी ओर आकर्षित किया। यह व्यक्ति एक मटमैला सूट पहने हुए गले में नीले रंग की टाई लटकाये हुए था। प्रभूदास ने गरदन मोड़कर उसे ऊपर से नीचे कई बार देखा फिर निगाह आसमान की ओर उठाते हुए कहा, "क्या बात है।"

"प्रभूदासजी, बात कुछ नहीं, छोटी-सी है। बन्दे का थियेटर है 'भारत

थियेटर।' मेले में लगाने का विचार है। कहें तो लगा दें। रौनक हो जायेगी। नया-नया मेला है आपका, जम जायेगा।" 'भारत थियेटर' के मैनेजर ने आवाज में व्यापारिकता की गन्ध लाते हुए कहा।

प्रभूदास ने उसकी सारी बात अनसुनी करते हुए पूछा, "कितनी छोकरियाँ हैं ?"

"छोकरियाँ क्या बच्चियाँ हैं, निहायत शरीफ !" मैनेजर ने कहा।

"धार्मिक मेला है भाई, छोकरियाँ हों या बच्चियाँ, यहाँ थियेटर-वियेटर का क्या काम," प्रभूदास ने अब भी मैनेजर की ओर बिना देखे उत्तर दिया।

"बिना नाच-गाने और थियेटर-तमाशों के कोई मेला जमता नहीं है। कुछ चन्दा दे देंगे।" मैनेजर ने बिना हतोत्साहित होते हुए कहा।

"डेढ़ हजार", प्रभूदास ने कहा और सिगरेट मुँह में दबाये उठकर टेण्ट के अन्दर चला गया। भारत थियेटर के मैनेजर ने 500/-रुपये की पेशगी प्रभूदास के चपरासी को पकड़ायी और जमीन नपवाने चला गया।

इसी तरह मेले में खेल-तमाशों की तादाद बढ़ रही थी और उधर प्रभूदास की आर्थिक स्थिति भी सुधर रही थी। शनैः-शनैः।

रामसनेही भैंरों बाबा के डेरे में बोरिया-बिस्तर और कमली के साथ आ गया। हवन कुण्ड के सामने खाली पड़ी जमीन पर सामान रख कर दोनों लोग आरती स्थल के पास भैंरों बाबा के पास माथा टेकने गये। भैंरों बाबा भगवान शिवजी की बड़ी-सी मूर्ति के सामने अल्थी-पल्थी मारे अपने शिष्यों से घिरे हुए बैठे थे।

भैंरों बाबा की उम्र पैंतालिस वर्ष के लगभग थी। कद-काठी कोई पाँच फिट थी, मोटा बदन और उससे भी मोटा पेट। सिर के अधपके बाल खिचड़ी हो रहे थे और वह अक्सर उन्हें हाथ से खुजलाते रहते थे। कुछ बालों ने आपस में उलझकर जटाओं की शकल ले ली थी। मूँछ और दाढ़ी

दोनों बढ़ी हुई थीं। बढ़ी हुई दाढ़ी छाती तक लटक रही थी। आँखों पर मोटा चश्मे का फ्रेम, पैरों में बड़ी-बड़ी चट्टियाँ, कपड़े के नाम पर एक मैली-सी धोती जो कभी गेरुआ रंग की रही होगी। कुल मिलाकर एक अजीबो-गरीब व्यक्तित्व था भैंरों बाबा का। इस समय भैंरों बाबा शिष्यों को परामर्श दे रहे थे। उनके शिकवे-शिकायत सुन रहे थे और हिसाब-किताब कर रहे थे।

रामसनेही को भैंरों बाबा के शिष्यों ने उनसे दस फिट की दूरी पर रोक दिया। रामसनेही ने इतनी ही दूरी से प्रणाम किया। उसने व कमली ने जमीन पर सिर रख दिया और एक स्वर में बोले, "जै हो महाराज जी की।"

"का है। कौन है रे," भैंरों बाबा ने बिना रामसनेही की ओर देखे कहा।

"कल्पवासी है महाराज।" उनके एक शिष्य ने उत्तर दिया।

"कुछ दान-दक्षिणा धर्मार्थ किया है।" भैंरों बाबा ने पूछा। रामसनेही ने यह वार्तालाप सुन लिया था। फौरन उठा और जेब से पचास रुपये का नोट निकाल कर बाबाजी के पैरों के पास रख दिया।

"अरे कोई जगह दे दे रे इसे।" बाबाजी ने अपने शिष्य से कहा।

"चल रे, आ-आ।" कहकर शिष्य चल दिया। रामसनेही और कमली पीछे-पीछे चल दिये। एक झोपड़ी हमेशा की तरह उसे मिल गयी लेकिन पिछले वर्ष के मुकाबले यह छोटी थी।

इस झोपड़ी में केवल इतनी जगह थी कि इसमें दो व्यक्ति लेटकर सो सकते थे। झोपड़ी के पास थोड़ी खाली जगह थी जिसमें खाना पकाया जा सकता था। नित्यकर्म के लिए पीछे की ओर खुला मैदान था। कमली ने तुरन्त सारा सामान झोपड़ी में रखा। फर्श पर टाट के दो टुकड़े बिछाये। चूल्हे का इन्तजाम किया। इतना करते-करते डेरे में शंखनाद शुरू हो गया।

शाम हो चुकी थी। पूजा और भजन-कीर्तन का समय हो गया था। भैंरों बाबा ने कीर्तन मण्डली को बुलाया था। कीर्तन मण्डली ऊँचे से तख्त पर डेरे के बीच खुले स्थान पर बैठी थी। मुख्य नायक हारमोनियम पर बैठा था। उसके पास ही मजीरे, चिमटा और ढोलक बजाने वाले बैठे

हुए थे। तख्त के चारों ओर श्रद्धालुओं की भीड़ जमा थी। रामसनेही और कमली भी भीड़ में पीछे की ओर जमीन पर जाकर बैठ गये। गायक ने अपनी ऊँची लेकिन बेसुरी आवाज में हारमोनियम और ढोलक के साथ गाना शुरू किया :

जोत से जोत जगाते चलो,
प्रेम की गंगा बहाते चलो।

गायक के चारों ओर बिखरी कल्पवासियों की भीड़ ने इन पंक्तियों को दोहराया :

जोत से जोत जगाते चलो,
प्रेम की गंगा बहाते चलो।

गायक ने एक-दो बार इन पंक्तियों को दोहराकर दूसरे दोहे को उठाया :

राह में आये जो दीन दुखी
उसको गले से लगाते चलो॥

फिर भीड़ ने कोरस में इसे दोहराया :

राह में आये जो दीन दुखी
सबको गले से लगाते चलो॥

इसके साथ हारमोनियम, ढोलक और मजीरों का अन्धाधुन्ध झमाझम युद्ध शुरू हो गया। यह भजन-कीर्तन रात के आठ बजे तक चला। उसके बाद कुछ कल्पवासी खाना खा-पीकर सो गये, कुछ लोग मेले में लगे सांस्कृतिक पण्डाल में चले गये और कुछ लोग खेल-तमाशे और नौटंकी का आनन्द लेने के लिए चले गये। रामसनेही और कमली थके-हारे थे। बिना खाना खाये, गंगा जल पीकर सो गये।

मेला समिति की शुरुआत के पीछे यदि किसी एक व्यक्ति की सबसे ज्यादा मेहनत थी तो वे थे पत्रकार वर्मा जी। वर्मा साहब एक बड़े दैनिक समाचार

पत्र के लिए शौकिया कार्य करते थे और बीहड़ के बीचोबीच बसे शहर की हलचल दिल्ली में बसने वाली भारत की प्रबुद्ध जनता के सामने लाने की कोशिश करते थे। पत्रकारिता के अलावा उनका कुछ समय अपनी जमीन-जायदाद की देखभाल में निकलता था लेकिन इसके बाद भी उनके पास काफी समय बच जाता था क्योंकि उन्होंने शादी नहीं की थी। वर्मा साहब यह बचा हुआ समय साधु-सन्तों की सेवा में निकालते थे।

बिना नागा हर सुबह गंगा की धार में गोता लगाना और शाम को गंगा तट पर बने मन्दिरों में साधु-सन्तों के प्रवचन सुनना वर्मा साहब की दिनचर्या का प्रमुख अंग थे। गंगा घाट पर माघ मेले में तो उनका सारा दिन ही गुजरता था। उनकी बड़ी इच्छा थी कि यह मेला किसी तरह जिला प्रशासन द्वारा लगाया जाये। जितने भी जिलाधिकारी आते थे उनको वे यही सलाह देते थे।

नये कलक्टर से पहली मुलाकात में ही उन्होंने सुझाव दिया था, "माथुर साहब, यह डिस्ट्रिक्ट गंगा के किनारे बसा हुआ है। हर साल माघ मेला लगता है यहाँ। लाखों लोग आते हैं। अगर आप इस मेले को आरगनाइज करा लें तो देखिए, आपकी कितनी वाह-वाह होगी। दुआ देंगे सब लोग, फिर आप इस मेले में सरकारी स्कीमों का प्रचार भी करिये। कितनी पब्लिसिटी मिलेगी शासन को—।"

माथुर साहब नये-नये कलेक्टर बने थे। बड़ा जोश था कुछ कर डालने को। उन्होंने फौरन वर्मा साहब के साथ 'मौका मुआइन' कर डाला। गंगा घाट पर बना लम्बा पुल, एक किनारे पर बने हुए मन्दिरों की कतार, दूसरे किनारे पर बालू का समतल मैदान और धार के किनारे लगी झोपड़ियों में चन्दन घिसते घटवहे। बात कुछ जँच गयी। कलक्टर साहब ने मेला समिति का गठन कर डाला। वर्मा साहब की सलाह पर चलते हुए, सभी विधायकों और अधिकारियों को सदस्य बनाया गया। चूंकि कलक्टर साहब ने कहा था इसलिए सभी अधिकारी तत्परता से लग गये मेला में। मेला प्रबन्ध का कार्य जिला परिषद् को दिया गया। प्रभूदास जिला परिषद् का सचिव था सो उसे मेला कमेटी का सचिव भी बनाया गया।

मेला क्षेत्र गाँव बहादुरगढ़ में था। गंगा किनारे के बालू के समतल

मैदान भी इसी गाँव में थे इसलिए इन पर बहादुरगढ़ के प्रधान सुमेरसिंह का आधिपत्य था। हर वर्ष मेले में पहले इस समतल मैदानों से तरबूज, खरबूज की वेलें फैलती थीं जिनका ठेका सुमेरसिंह लेता था। बालू उठाने का ठेका भी वही लेता था। मेले में इन्तजाम भी सुमेरसिंह ही करता था। पानी के नल, छप्परों के लिए फूस, मिट्टी के तेल की दुकान भी वही लगाता था। इसके बदले उसे चन्दन की दुकानों व खाने-पीने की दुकानों से आमदनी हो जाती थी। इस वर्ष ऐसा इन्तजाम समिति कर रही थी। दूकानें लगाने की अनुमति समिति ही दे रही थी। सुमेरसिंह का प्रभाव घट रहा था।

शुरू-शुरू में सुमेरसिंह ने समिति का विरोध किया। स्वाभाविक ही था। लेकिन कलेक्टर साहब ने उसे प्रबन्ध समिति का सदस्य बना दिया। उसका विरोध वहीं समाप्त हो गया। अब उसका विरोध समिति से नहीं, प्रभूदास से था। उसने प्रतिज्ञा की थी कि यदि मेले में उसकी उदर-पूर्ति नहीं होगी तो वह भी किसी व्यक्ति विशेष की उदर-पूर्ति नहीं होने देगा। उसे लगा कि प्रभूदास की ऊपरी मेहनत और लगन के पीछे मुख्य उद्देश्य व्यक्तिगत स्वार्थ था। बस उसने प्रभूदास के पीछे खुफियागीरी शुरू कर दी। वह प्रभूदास के पीछे साये की तरह रहने लगा।

बहादुरगढ़ के प्रधान सुमेरसिंह को प्रधानी के सभी हथकण्डे आते थे। गाँव भर में उसका दबदबा था। जाति से ठाकुर था लेकिन किसी भी जाति का व्यक्ति उसके विरुद्ध आवाज नहीं उठा सकता था। सभी ठाकुरों को उसने सन्तुष्ट कर रखा था। केवल एक प्रतिद्वन्दी था ठाकुर रामसिंह। उसके खिलाफ उसने मारपीट, चोरी-डकैती के पाँच-दस मुकदमे दायर कर रखे थे। दरोगा से उसकी दोस्ती रहती थी। इसलिए ठाकुर रामसिंह के खिलाफ कोई-न-कोई पुलिस तफतीश चलती रहती थी। गाँव की हरिजन कालोनी में उसने एक खड़ंजा और एक कुआँ बनवा दिया था। कभी-कभी हरिजनों की शिकायतें लेकर तहसीलदार साहब और एस० डी० एम० साहब से मिलने भी चला आता था। अक्सर वह हरिजनों के शिकायती प्रार्थना-पत्रों का प्रयोग अपने प्रतिद्वन्दी के विरुद्ध भी करता था हरिजन उत्पीड़न की शिकायतें करके। जो लोग उससे खफा रहते थे उनको जमीन का पट्टा दिलाना और जिनसे वह नाराज, उनके विरुद्ध ग्राम समाज की जमीन पर

अतिक्रमण का मुकदमा दायर कराना उसके बायें हाथ का खेल था। गाँव में सरकारी ट्यूबवैल लगा था। ट्यूबवैल विभाग की ओर से एक आपरेटर रखा गया था जो किसी और जिले का रहनेवाला था और आजकल अपने हितैषी नेताजी जिन्होंने उसे नौकरी दिलवायी थी, के यहाँ खाना पकाता था। लिहाजा ट्यूबवैल चलाने और बन्द करने की जिम्मेदारी सुमेरसिंह को अपने ऊपर लेनी पड़ी। वह ट्यूबवैल की चाबी बराबर अपने पास रखता था और अब जिसको चाहे पानी देता था, जिसका चाहे पानी बन्द कर देता था।

सुमेरसिंह का स्थानीय विधायक के यहाँ उठना-बैठना था लेकिन इसके साथ ही वह भूतपूर्व विधायकों के यहाँ भी उठता-बैठता था और उन सबको यह अहसास दिलाता था कि गाँव के सारे वोट उसी के हाथ में हैं। गत चुनाव के दौरान स्थानीय विधायक को यह शक हुआ कि उन्हें हरिजनों के वोट नहीं मिल पायेंगे, उन्होंने सुमेरसिंह से कहा, "भइया सुमेरसिंह, हरिजन लोग वोट नहीं दे रहे हैं, कुछ उपाय बताओ भला।"

"उपाय का बतावें, ठाकुर साहिब, हमार कछु काम तो आप करत नाहि।" सुमेरसिंह ने रुखाई से जवाब दिया था।

"अरे रे का कहत हो भइया, जो कहो सो कराय दें, बस इलक्शन ठीक-ठाक हुइ जाय। बस हरिजन टोली के वोट दिलाय दो।" विधायकजी के पास इस समय सिवा चिकोरी करने के और कोई चारा नहीं था।

सुमेरसिंह जानता था कि हरिजन वोट मिलें या न मिलें, विधायकजी को जीतना अवश्य ही था। क्यों न बहती गंगा में हाथ धो लिया जाय। उसने कहा, "ठीक है ठाकुर साहब, आपकी बात कइसे टालें, दिलवायेंगे वोट। मिलें तो आप ही को न मिलें तो काहू को नाहीं।"

बात के पश्चात सुमेरसिंह ने हरिजनों को समझाया कि वे ठाकुर साहब को ही वोट दें। लेकिन उन लोगों के सामने धर्मसंकट फँस गया। पोलिंग होने से पूर्व ही एक प्रत्याशी श्री मामराजसिंह जाटव गाँव में आ धमके। उन्हें वोट दें तो मुसीवत न दें तो मुसीबत। उन्हें इस असमंजस से उबारा सुमेरसिंह ने। पोलिंग के दिन सारे-के-सारे हरिजन कालोनी के लोगों को शहर भेज दिया सिनेमा देखने मुफ्त टिकट देकर। बस तब से ही ठाकुर

साहब सुमेरसिंह को बहुत मानते थे। अपनी इन्हीं योग्यताओं के बलबूते पर सुमेरसिंह पिछले पन्द्रह वर्षों से ग्राम प्रधान था। अब उसने देखा कि मेला समिति को बनने से नहीं रोका जा सकता तो फिर उसमें सदस्य बनकर ही कुछ नाम कमाया जाये। जिस समिति में जिले भर के अधिकारी हों, विधायक हों, उसमें एक गाँव का प्रधान भी सदस्य हो तो इस इलाके के लिए एक बड़ी भारी बात थी। गाँव में उसकी इज्जत बढ़ गयी थी और गाँववाले उसे प्रधानजी के साथ-साथ नेताजी भी कहने लगे थे।

"पन्द्रह हजार एक, पन्द्रह हजार दो—हाँ भई है कोई।"

"सोलह हजार।"

"हाँ भई, पानसिंह के सोलह हजार, सोलह हजार एक, सोलह हजार दो···"

"सत्रह हजार···"

"बहुत खूब, खेमसिंह के सत्रह हजार। सत्रह हजार एक, सत्रह हजार दो—"

मेला क्षेत्र में प्रवेश होनेवाले वाहनों पर शुल्क वसूली के ठेके की नीलामी हो रही थी। दो-ढाई सौ व्यक्तियों की भीड़ लगी थी, गंगा के किनारे बने डाक बँगले के सामनेवाले मैदान में। बोली बराबर बढ़ रही थी। मेला समिति का सचिव प्रभूदास नीलामी करवा रहा था। उसकी दृष्टि बोली लगा रहे ठेकेदारों के चेहरों को कुरेद रही थी। उम्मीद थी कि मेला देखने कम-से-कम दस लाख लोग आनेवाले थे। आमदनी अच्छी हो सकती थी। बोली बढ़ते-बढ़ते पैंतीस हजार तक पहुँच गयी और पन्द्रह मिनट तक वहीं अटकी रही। प्रभूदास समझ गया। इससे अधिक पैसा नहीं मिल सकता था। बोली उसकी उम्मीद से ज्यादा बढ़ गयी थी। उसकी चिन्ता होने लगी फिर भी उसने हिम्मत कर पीछे खड़े प्रेम परसाद सिंह को इशारा किया। प्रेम परसाद ने कहा, "पचास हजार।"

पचास हजार की बोली सुनते ही नीलामी स्थल पर सन्नाटा छा गया। अभी तक प्रेम परसाद ने कोई बोली नहीं लगायी थी। इस तरह अचानक उसके पचास हजार कह देने से सब लोग दंग रह गये, हिम्मत हार गये। नीलामी कर्त्ता ने आवाज लगानी शुरू की :

"पचास हजार एक—"

"हाँ भई है कोई, पचास हजार एक—"

"अरे कोई नहीं है आगे बढ़नेवाला। पचास हजार एक, पचास हजार दो—"

"बोली बन्द होनेवाली है, पचास हजार एक, पचास हजार दो—"

"पचास हजार एक, पचास हजार दो, पचास हजार तीन।" इस प्रकार प्रवेश शुल्क की बोली पचास हजार पर छूट गयी। प्रभूदास ने चैन की साँस ली।

दूसरे दिन से ही ठेकेदार ने पुल के दोनों ओर मेला क्षेत्र के प्रवेश द्वारों पर बल्ली लगाकर अपना बैरियर लगा लिया और आने-जानेवाले वाहनों से शुल्क वसूल करने लगा। साइकिल सवार से एक रुपिया, रिक्शा से दो रुपिया, ट्रैक्टर, ठेला से पाँच रुपिया, बस, ट्रक, कार से पन्द्रह रुपिया, कोई मेला देखने जा रहा हो या न जा रहा हो, इससे उसको कोई मतलब नहीं था। पचास हजार रुपये का जल्दी-से-जल्दी पूरा करने का लक्ष्य था।

मेला समिति ने जब मेला आयोजन की जिम्मेदारी ली तो सबसे पहले प्रश्न था कि मेले के इन्तजाम करने के लिए पैसा कहाँ से आयेगा। जिला परिषद् की तिजोरियाँ कब की खाली हो चुकी थीं। कर्मचारियों की तनख्वाह भी हर महीने नहीं निकल पाती थी। सरकार से धन मिलने का प्रश्न ही नहीं उठता था। एक ही तरीका था दुकानों को किराये पर उठाया जाये, मोटरों, साइकिलों, ट्रैक्टरों के अड्डों को नीलाम किया जाये। इससे भी पूर्ति नहीं हुई तो 'प्रवेश शुल्क' लगाया गया। यह प्रवेश शुल्क हर मेला देखनेवाले को देना था।

प्रवेश शुल्क अगर उन्हीं रेट पर लिया जाता जो कि समिति ने तय किये थे, तो शायद जनता जनार्दन शोर नहीं मचाती लेकिन ठेकेदार को इन दरों से अपना फायदा होता नजर नहीं आया। उसने बढ़ा-चढ़ाकर प्रवेश

शुल्क लेना शुरू कर दिया। लोग इस अन्धाधुन्ध वसूली से परेशान हो गये। रोज शिकायतें आने लगीं। पहले तो लोगों ने प्रभूदास को ही पकड़ा लेकिन प्रभूदास कुछ भी करने में असमर्थ रहा। वह कुछ कर भी नहीं सकता था। इस नीलामी में उसका पचास फीसदी हिस्सा था।

कोई नतीजा न देख लोगों ने सत्याग्रह का तरीका अपनाया। शहर भर के इक्के, ताँगे, रिक्शा और शिक्शा चलानेवाले इकट्ठा हुए। एक किलोमीटर लम्बा जुलूस आनन-फानन में तैयार हो गया। जुलूस के सबसे आगे साइकिल सवार थे, उनके पीछे पचास-साठ रिक्शे। इनके बाद शहर के पन्द्रह आटो रिक्शों का जत्था व सबसे पीछे इक्के व ताँगे। शहर में ऐसा जुलूस पहले कभी नहीं निकला था। बाजार में तमाशबीनों की भीड़ भी जुलूस में शामिल हो गयी। कचहरी पहुँचते-पहुँचते करीब पाँच हजार व्यक्ति शामिल हो गये। रास्ता जाम हो गया।

कचहरी पहुँचकर तीन पेज का लम्बा ज्ञापन जिलाधिकारी को दिया जाना था। जिलाधिकारी दौरे पर थे। ज्ञापन सिटी मजिस्ट्रेट को दिया गया। रिक्शा, ताँगा और आटो चालकों ने सिटी मजिस्ट्रेट से प्रवेश शुल्क समाप्त करने का आग्रह किया।

सिटी मजिस्ट्रेट मिस्टर अग्रवाल काफी अनुभवी अधिकारी थे। उन्होंने आश्वासन दिया कि इस समस्या के बारे में जिलाधिकारी को अवगत करायेंगे और कोई-न-कोई हल जरूर निकाल लेंगे।

यह सब बातचीत होते-होते तमाशबीनों की भीड़ छँट चुकी थी। इक्के-ताँगे वालों की रोजी का समय भी निकला जा रहा था। धीरे-धीरे जुलूस अपने आप बिखर गया। प्रवेश शुल्क की वसूली में कुछ कमी तो अवश्य हुई लेकिन बन्द नहीं हुआ।

भैंरों बाबा शम्भू दल के बाबा थे। बाबाओं का शम्भू दल शिव की पूजा और उपासना करता है। इस दल के बाबा काफी हद तक अपने आपको शिवजी

का ही अंग मानते हैं और अन्य सभी बाबाओं को अपने से नीचा समझते हैं। भैंरों बाबा दिमाग से वैसे भी गरम थे, प्रभावशाली भी। उन्होंने मेले में सबसे ज्यादा जमीन पर अपना कब्जा जमाया हुआ था। इनका डेरा सबसे बड़ा था और सबसे ज्यादा कल्पवासी इसमें बसे हुए थे। कल्पवासियों को डेरे में लाने के लिए साम-दाम-दण्ड-भेद चारों नीति अपनाते थे बाबाजी।

भैंरों बाबा के बगल में दूधाधारी बाबा का डेरा था। कहने को तो बाबा दूधाधारी उदासीन दल के थे लेकिन अपने डेरे के बारे में पूरी तरह से जागरूक थे। उनके यहाँ भी कल्पवासियों की संख्या अच्छी खासी थी और डेरे की जगह कम पड़ रही थी। इनके भी शिष्यगण मेले की और जमीन पर कब्जा करने की कशमकश में थे।

दूधाधारी बाबा और भैंरों बाबा के शिष्यों में बराबर तनातनी चलती रहती थी। एक-दूसरे पर छींटाकशी, व्यभिचार और भ्रष्टाचार का दोषारोपण, गाली-गलौज भी हो जाती थी जो कि रोजाना की बात थी। कभी-कभी मौके-बे-मौके हाथापाई की नौबत भी आ जाती थी। ऐसा नहीं कि दोनों बाबाओं में केवल आध्यात्मिक मतभेद हों। व्यक्तिगत दुश्मनी भी थी। दोनों बाबा लोग एक ही उम्र के और एक ही गाँव के रहनेवाले थे। बचपन में साथ खेले, पढ़े थे। दोनों एक ही बाबा मतंगनरायनजी महाराज के शिष्य थे। मतंगनरायनजी की अब मृत्यु हो चुकी थी लेकिन इन दोनों का मतभेद उन्हीं के जमाने से चला आ रहा था। दरअसल बाबा मतंगनरायन की एक शिष्या थी रुकमनी देवी जो देखने में खूबसूरत कही जा सकती थी। भैंरों बाबा और दूधाधारी बाबा जी उस समय बचनसिंह और दूधनाथ के नाम से जाने जाते थे, उस पर लट्टू थे। बचनसिंह और दूधनाथ की दुश्मनी वहीं से शुरू हो गयी थी। रुकमनी देवी तो बाबा मतंगनरायन के किसी तीसरे शिष्य के साथ चली गई लेकिन इन दोनों की दुश्मनी अपनी जगह बनी रही। बाबा मतंगनरायन की मृत्यु के बाद दोनों ने अपनी-अपनी संगतें बना लीं।

दोनों बाबाओं में अक्सर तू-तू मैं-मैं की नौबत आ जाती थी। दोनों डेरों में सुबह-सुबह लाउडस्पीकर लगाकर प्रवचन होता और उसी समय वाक्‌युद्ध हो जाता था।

"अरे-अरे, दूधाधारी सत्यानाशी, क्यों सुबह-सुबह बक-बक कर रहा है"— भैंरों बाबा अपने डेरे से बोलते।

"सत्यानाशी मैं नहीं तू है भैंरों, क्यों खामखा में मेरे मुखमण्डल पर कालिख पोतने की कोशिश कर रहा है," बाबा दूधाधारी जवाब देते।

"अरे मैं तेरे मुखमण्डल पर कालिख पोतूंगा, तेरा मुख तो पहले से ही तेरे कुकर्मों से कलुषित हो चुका है।" भैंरों बाबा का प्रहार होता।

एक बार शुरू हो जाने के बाद यह वाक्युद्ध कम-से-कम आधा घण्टे चलता और आस-पास के डेरेवाले लोग चुटकियाँ लेकर इसका आनन्द लेते थे।

जब तक यह मेला समिति द्वारा व्यवस्थित नहीं था तब तक बाबा लोग स्वच्छन्द थे, अपने डेरों का विस्तार करने के लिए। जहाँ जो चाहता था अपने तम्बू और डण्डे गाड़ लेता था। भैंरों बाबा और दूधाधारी बाबा के पास सण्डमुसण्डे शिष्यों की बड़ी सेना थी और ये लोग लाठी और त्रिशूल के बल पर मेले पर अपना कब्जा जमा लेते थे। दूसरे बाबा लोगों को बची हुई जमीन पर सन्तोष करना पड़ता था। मेला समिति बनने के बाद स्थिति बदल गयी थी। अब डेरों के लिए भूमि का आबंटन समिति करती थी और नाप-जोखकर जमीन देती थी। इस अंकुश से बड़ा आघात लगा था दोनों बाबाओं को और इसलिए वो समिति के विरोधी थे, उसके हर काम में अड़चन पैदा करते थे।

समिति द्वारा मेला लगाये जाने की वजह से दोनों बाबाओं को काफी नुकसान हुआ था। मेले में पहले दुकानें नहीं लगती थीं। भैंरों बाबा और दूधाधारी बाबा अपने-अपने डेरों में आटा-दाल, चावल, मँगाकर रखते थे। डेरे में रहनेवाले कल्पवासियों को मजबूरन वहाँ से सब कुछ खरीदकर लेना पड़ता था। मेले में दुकानें लग जाने से जिसका जहाँ से मन चाहता, आटा-दाल खरीदता था। डेरे की दुकानें ठप हो गयी थीं। मेला समिति से इन व्यावसायिक बाबाओं का बैर होना स्वाभाविक ही था।

जनाब कलेक्टर साहब बहादुर माथुर साहब मेला समिति के पदेन अध्यक्ष थे। यह अध्यक्ष पद माथुर को काफी महँगा पड़ रहा था। वैसे ही काम के मारे नाक में दम था। महीने के तीस दिनों में कम से कम बीस-पच्चीस मीटिंग, ऊपर से फाइलों के ढेर और मंत्रियों के दौरे। मेले का इन्तजाम इस सबसे अलग था। मेला लगाने के लिए न तो सरकार ने उनसे कहा था और न ही उन्हें इसके लिए कोई मैडल मिलनेवाला था। फिर भी 'जनता की पुकार' पर लगाये गये इस मेले को सफल बनाना उनकी व्यक्तिगत प्रतिष्ठा का खेल बन चुका था।

माथुर साहब के दिन की शुरुआत सुबह सात बजे चाय के प्याले से होती थी। सुबह-सुबह दौड़-भाग कसरत में उनका मन कम ही लगता था। रात को सोते समय जो दफ्तर की बातें दिमाग में रह जाती थीं वो अक्सर उठते ही फिर जीवित हो जातीं। दफ़्तर को भुलाने के लिए वो कुछ देर अनमने मन से इधर-उधर लान में घूमते रहते फिर लान से निकलकर नदी की ओर बने खेत की ओर निकल जाते और दूरी पर बह रही धार को ताकते रहते। चारदीवारी के बाहर सैमुल का एक वृहताकार पेड़ किसी बड़े पहलवान के सुपुष्ट शरीर की तरह खड़ा हुआ था। इस पेड़ के तने पर गिलहरियाँ सर्राटे से ऊपर-नीचे दौड़ती रहती थीं और ऊँची डालों पर मोर सुस्ताते रहते थे। गंगा किनारे से उड़कर आते हुए सफेद बगुले और बतखों की कतारें दृश्य लुभावना बनाती थीं। बँगले में लगे नीम, कटहल, पीपल और बरगद के पेड़ों पर कम से कम बीस प्रकार के पक्षी सुबह-सुबह शोर मचाते थे। कोयल, जंगली मुर्गा, कठफोड़वा, पिन्टैल, मैना, बुलबुल, हार्नबिल किंगफिशर। इन्हीं सबको देखते-देखते आठ बज जाता था। इसी बीच माथुर साहब की धर्मपत्नी यानि मिसेज माथुर निकल आतीं और उनके एक ही उलाहने पर माथुर साहब बड़ी अनिच्छा के साथ दौड़कर लान के दस चक्कर लगाते थे या एक ही स्थान पर 'स्पाट रनिंग' करते थे।

साढ़े-आठ बजते ही माथुर साहब का सरकारी काम शुरू हो जाता था। नहाने-धोने, नाश्ते की बीच टेलीफून पर वार्ता होती रहती थी। नौ बजकर तीस मिनट तक माथुर साहब ड्राइंग रूम में लगे दफ्तर में आ जाते थे।

कुर्सी पर बैठते ही वे हमेशा की तरह धर्मसंकट में फँस जाते थे। उनकी कुर्सी के बायीं ओर पिछली रात को आयी फाइलों का ढेर लगा होता था और मेज पर ठीक सामने जिलाधिकारी से मिलने आये आगन्तुकों की पर्चियाँ। फाइलें देखें या लोगों से मिलें या टाइप बाबू को कुछ आवश्यक निर्देश/आदेश डिक्टेट करायें। यह धर्मसंकट कोई मामूली संकट नहीं होता था। कुर्सी के नीचे पड़ी फाइलें कई मंजिलें पार कर तीन-चार दिन में जिलाधिकारी के कार्यालय में पहुँचती थीं। इनमें होती थी किसी अधिकारी की छुट्टी, किसी की तनख्वाह, किसी के फण्ड से पैसा निकालने का प्रार्थना-पत्र। मूक ही सही, ये फाइलें भी जिलाधिकारी की ओर आँखें खोले ताकती रहती थीं और कोसती रहती थीं।

माथुर साहब ने सरकार के आदेशों का पालन करते हुए दफ्तर के आगे बोर्ड लगवा दिया था कि दोपहर बारह बजे से पहले केवल सरकारी काम होगा और बारह बजे के बाद ही जनता से मुलाकात होगी लेकिन जनता तो सुबह नौ बजे से ही आ जाती और सरकारी फाइलें भी दिन में नहीं, केवल रात में ही देखी जाती थीं। जो लोग इस बोर्ड को पढ़ना जानते थे उन्होंने इस पर कोई विश्वास नहीं किया और जिन लोगों पर यह नोटिस असर कर सकता था वे नितान्त अनपढ़ थे।

मुलाकातियों का दौर दोपहर बारह बजे तक चलता रहता था। विभिन्न प्रकार की समस्याएँ लेकर लोग आते थे। असलाह यानि कि बन्दूक के लाइसेंस की दरखास्तें देनेवाले सबसे अधिक होते थे। चकबन्दी के लेखपालों की शिकायतों की संख्या दूसरे नम्बर पर रहती थी। किसी का खेत छोटा हो गया, किसी का खेत सड़क के किनारे से उठकर गाँव के तालाब में पहुँच गया। तीसरे नम्बर पर पुलिस अत्याचार और दरोगा के खिलाफ शिकायतें होती थीं। दरखास्तें देखकर माथुर साहब को लगता था कि या तो ज्यादातर दरोगा रिपोर्ट नहीं लिखते थे या दूसरी पार्टी से मिल जाते थे।

मुलाकातियों की विभिन्न श्रेणियाँ रहती थीं। विधायकगण जो कि सप्ताह में एक-दो बार आते थे और अपने इलाके की तमाम दरखास्तें इकट्ठी करके लाते थे। सड़क, नाली, हैण्ड पम्प, कुआँ, लेखपाल, ग्राम विकास

अधिकारी का ट्रांसफर, ग्राम प्रधान द्वारा अपने पद का दुरुपयोग।

वकील लोगों की तादाद भी अच्छी-खासी रहती थी। वकील लोग हमेशा किसी न किसी व्यक्ति की व्यथा लेकर आते थे और सरकार से इन्साफ की दुहाई करते थे। वकीलों की यह दुहाई अक्सर प्रथम पुरुष में होती थी।

"हुजूर, हम गाँव में अकेले हैं। हमारे आगे-पीछे कोई नहीं है, ले-देकर यह बीस-तीस बीघा जमीन है, विपक्षी बड़े सरकश बदमाश और बलवान हैं, इनके यहाँ डकैतों का आना-जाना है, हुजूर हमारी जमीन पर कब्जा करने की कोशिश कर रहे हैं, हमें बन्दूक का लाइसेंस दिया जाये या पुलिस गारद···"

कई बार माथुर साहब को गलतफहमी हो जाती और पूछ बैठते, "वकील साहब आप तो जौनगढ़ रहते हैं···।"

"हुजूर हम इस गरीब की बात बता रहे हैं···।" वकील साहब अपने पीछे खड़े व्यक्ति की ओर इशारा करके कहते।

मुलाकातियों में कुछ बूढ़े और महिलाएँ भी होती थीं। ये लोग बिना नेता या वकील के सहारे सीधे ही जिलाधिकारी से मिलने आते थे। साथ में अपने सारे कागजात उठा लाते थे और उन्हें तिरंगे झण्डे की तरह लहरा-लहराकर अपने दुखड़े रोते थे। "हुजूर, कहीं कोई सुनवायी नहीं होत···।"

मुलाकातियों का ताँता खत्म होना तो माथुर साहब सीधे कचहरी पहुँच जाते और कोर्ट में बैठ जाते थे। कोर्ट में दोपहर दो बजे जाते थे। कोर्ट खत्म होते-होते मुलाकातियों की दूसरी खेप दरवाजे पर खड़ी मिलती। इनसे निपटकर गाड़ी से बैठ दोपहर के खाने पर ढाई बजे तक पहुँचना हर दिन की विशेष उपलब्धि होती थी।

दोपहर साढ़े-तीन बजे दफ्तर में घुसते ही पत्रावलियाँ यानि फाइलों का बड़ा अम्बार बड़ी मेज के नीचे लगा हुआ मिलता था। माथुर साहब खूँखार शेर की तरह इन पत्रावलियों को खत्म करने के लिए टूट पड़ते थे लेकिन पत्रावलियों पर उनका यह आक्रमण आधा घण्टे से ज्यादा नहीं चल पाता था। चार-साढ़े चार बजे कोई न कोई मीटिंग होनी होती थी। मीटिंग खत्म होते-होते शाम के छः बज जाते थे और उस समय भी कोई न कोई महानुभाव

विधायक या पत्रकार मिलने आ जाते। खिन्न मन से माथुर साहब दफ्तर में बैठे रहते। इसी बीच घर के अन्दर से मिसेज माथुर के कई बुलावे उनके पास आ चुके होते थे।

मुलाकातियों और पत्रावलियों का चक्र माथुर साहब के यहाँ दिन-रात चलता रहता था। ये जितना निपटाने की कोशिश करते, उतनी ही संख्या उनकी बढ़ती जाती थी। अक्सर उन्हें लगता कि यह मुलाकाती और पत्रावलियाँ रक्तबीज की भाँति थीं। इनका कोई अन्त नहीं था। इनका अन्त महिषासुर मर्दिनी काली ही कर सकती थीं।

हमने लुटा दी जवानी तेरे प्यार में,
सैंया अब आजा, अब तो आजा
बेरहमी हो···

डम-डम-डम-ढक-चिक-ढक-चिक-बम-बम···

रात के बारह बजे का समय था। मेले में बेनी बाई की मशहूर नौटंकी में रात का शो चल रहा था। इस समय स्टेज पर तीस-पैंतीस वर्ष की महिला कलाकार मिस मंजुलिका कमर मटकाकर डांस कर रही थी। स्टेज लगभग तीस फुट लम्बा और दस फुट गहरा था। तीन ओर से रंग-बिरंगा लेकिन पुराने व कहीं-कहीं से फटे हुए पर्दे लटक रहे थे। बिजली के छः हजार वाट के बल्वों की तेज रोशनी हो रही थी। स्टेज के बीच में एक बड़ा माइक लगा हुआ था। स्टेज के नीचे सामने की ओर नीची जमीन पर मेज-कुर्सी डाले हारमोनियमवादक बैठा हुआ था। उसकी बगल में एक वादक सारंगी लेकर बैठा हुआ था।

हारमोनियमवादक के बायीं ओर बने चूल्हे में कच्चे कोयले सुलग रहे थे जिन पर तबला बजानेवाले तबला गरम कर उनकी ठोंक-पीट कर रहे थे। चूंकि बाहर सर्दी थी इसलिए हर आधे घण्टे तबला बजाने के बाद उसे सेंकने की जरूरत पड़ती थी। हारमोनियम और तबलावादक के पीछे ऊँची जमीन पर दर्शकों का पहला दर्जा था जिसमें कुर्सियों पर लोग बैठे थे। इस समय पहले दर्जे के अन्दर करीब पच्चीस लोग बैठे हुए नौटंकी का आनन्द ले रहे थे।

पहले दर्जे के पीछे का हिस्सा जिसको कि करीब छः फीट ऊँची रेलिंग लगाकर अलग किया गया था, दो हिस्सों में बँटा था। दायीं ओर था दूसरा दर्जा जिसमें करीब पचास दर्शक मटमैली दरी पर बैठे हुए थे। इनमें से अधिकतर लोग मेहनत मजदूरीवाले लोग थे जो सारे दिन की थकान मिटाने आये हुए थे। कोई अधलेटा ऊँघ रहा था, कोई आलथी-पालथी मारकर सिगरेट फूंक रहा था और कलाकार की कमर के हर झटके के साथ गर्दन हिला रहा था। इनमें से कुछ लोग निशाचरों की श्रेणी में भी आते थे। यह लोग पूरी तरह जागरूक थे और कलाकारों का मनोबल तालो बजाकर, सीटी बजाकर और छींटाकशी के माध्यम से कर रहे थे। बायीं ओर था तीसरा दर्जा जिसमें लगभग सौ लोग, बालुई जमीन पर बैठे थे और सबके सब बीड़ी फूंक रहे थे।

महिला कलाकार का नाच चल ही रहा था, इसी बीच उद्बोधक मंच पर आया और माइक के सामने खड़ा होकर बोलने लगा :

"हलो, हलो माइक टेस्टिंग, वन, टू, थ्री, फोर, फाइव ठीक है। हाँ तो देखिए, अभी बहुत जल्दी ही शुरू होनेवाले हैं, बेनीबाई मुन्नीदेवी नौटंकी की बेहतरीनों बेहतरीन आइटम, दुनिया भर में मशहूर, नाच-गानों से भरपूर सलीम और अनारकली के इश्क की दास्तान पर आधारित नाटक 'दिल और दिलदार'। आइए, आइए, शुरू होनेवाला है नाटक 'दिल और दिलदार।' उद्घोषक अपनी घोषणा कर पर्दे के पीछे चला गया। कलाकार का नृत्य अनवरत चल रहा था। इसी बीच नौटंकी के मुख्य द्वार पर बैठे दूसरे उद्घोषक ने माइक सँभाल लिया था :

"वेनीबाई, मुन्नीबाई, सहारनपुर से आयी मशहूर नौटंकी में आइए, और ज़िन्दगी का मजा उठाइए। आज का मशहूर नाटक 'दिल और दिलदार' शुरू होनेवाला है। टिकट पाँच रुपये, तीन रुपये, दो रुपये···आइए-आइए अब देर न कीजिए।"

कलाकार ने दो जोरदार झटके लगाये। पहले दर्जे के कोने से आवाज आयी, "शाबास-पचास रुपया···" उद्घोषक पर्दे के पीछे से निकलकर आया और सीधा उस ओर गया जहाँ से आवाज आ रही थी। आवाज लगानेवाला व्यक्ति कुर्सी पर अधलेटा-सा था। पीले रंग की नीली कमीज और नीले रंग

का तहमद पहने हुए। भारी चेहरा, उससे भी भारी मूँछें, सुर्ख आँखें। उसने बायें हाथ की दो उँगलियों में दबा हुआ पचास रुपये का नोट उद्घोषक की ओर बढ़ा दिया। उद्घोषक ने झुककर सलाम ठोंका और सीधा स्टेज पर माइक के सामने पहुँच गया और बोला :

"हम बड़े शुक्रगुजार हैं बड़े भाई उस्ताद खलील अहमद बीड़ीवाले के लिए। उन्होंने हमारे कलाकार की कला से खुश होकर पचास रुपये का इनाम दिया है।"

कलाकार ने और ज्यादा मटकना शुरू कर दिया। नृत्य कला के इस बेजोड़ नमूने के बाद नौटंकी के कलाकारों द्वारा यह युगल गान पेश किया गया। जवाबी फिल्मी गाना था। एक ओर टाइट पैंट और छाती पर से खुली बुश्शर्ट पहने नौजवान कलाकार था और दूसरी ओर नौटंकी की सबसे खूबसूरत और नवीनतम खोज 'बबीना' थी। गाना था—

"तुम कहाँ···
मैं यहाँ···"

गाने के साथ दस-पन्द्रह मिनट की उछल-कूद के बाद दोनों कलाकार हाथ में हाथ डाले घूम-घूमकर नाचने लगे और अन्त में लड़के ने लड़की को हाथों में उठा लिया। दर्शकगण बराबर खुश होकर ताली बजा रहे थे। दूसरे दर्जे में बैठे एक दर्शक को जोश के साथ अचानक नशे की पिनक में गुस्सा भी आ गया। लड़के का लड़की को गोद में उठा लेना उसे शायद नागवार गुजरा। उसने जोर से चिल्लाते हुए कहा, "अरे ओ दिलीप कुमार की औलाद···" यह कहकर वह उठा और सलाखों पर चढ़कर स्टेज की ओर कूदने की कोशिश करने लगा। लेकिन वह इसमें सफल नहीं हो पाया। उसके साथ में बैठे दर्शकों ने उसे पकड़कर वापस अपनी जगह पर बैठा दिया। पहले दर्जे में बैठे हुए व्यक्ति ने अधलेटे ही फिर गुहार लगायी, "शाबास बेटे, सौ रुपिया इनाम।" उद्घोषक फिर पर्दे के पीछे से निकलकर खड़े होकर बोलने लगा, "हम बड़े ही शुक्रगुजार हैं अपने बड़े भाई···"

नाच-गानों का ये सिलसिला रात के दो बजे तक चलता रहा। नौटंकी का टेंट दर्शकों से खचाखच भर चुका था। रात के सवा-दो बजे मशहूर नाटक 'दिल और दिलदार' शुरू हुआ।

रात के कोई दो बजे का समय था। मेला क्षेत्र से एक किलोमीटर दूर बालू का तट हल्की चाँदनी से दिखाई भर दे रहा था। दूर-दूर तक कोई आवाज नहीं। नदी का पानी भी शांत था। गहराई कम थी, तल में पत्थर नहीं सिर्फ वालू थी जो पानी की हर आवाज को अपने में जज्ब कर लेती थी। अँधेरे और इस खामोशी को केवल यदाकदा टिटहरे की आवाज भंग करती थी।

इस अंधेरे और खामोशी में लिपटी तीन परछाइयाँ बन्धे के पीछे से निकलकर आईं और नदी की ओर चल दीं। तीनों आदमी कुछ देर धार की ओर चलने के पश्चात् बाईं ओर बालू के मैदान की तरफ मुड़ गये। फिर पीछे चलने वाले दोनों आदमियों ने आगे वाले से कहा, "अब भाग ससुरे।" तीसरा आदमी कुछ झिझका तो इन दोनों ने उसकी पीठ पर तड़ातड़ दो लाते जमा दीं। तीसरा आदमी मुँह के बल बालू पर गिर गया। उसके दोनों हाथ पीठ के पीछे बँधे हुए थे और मुँह पर पट्टी थी। दोनों लोगों ने फिर उसे उठाकर खड़ा कर दिया। तीसरा आदमी दौड़ने लगा। बाकी दोनों लोग भी निश्छन्द भाव से कभी तेज कभी चहलकदमी करते हुए उसके पीछे चलने लगे। जब भी तीसरा आदमी रुक कर खड़ा होता तो दोनों लात-घूंसों से उसकी बेइन्तहा धुनाई करते और उसे फिर से दौड़ने के लिए मजबूर कर देते।

चूहे-बिल्ली का यह खेल लगभग एक घण्टे तक चलता रहा। तीसरा आदमी अब बुरी तरह से थक चुका था और वे दोनों भी ऊब-से गये थे। अब उन्होंने तीसरे आदमी को खड़े होने का आदेश दिया। लगभग पैंतालीस वर्ष का हट्टा-कट्टा यह आदमी इस समय कच्छा-बनियान के अलावा कुछ भी नहीं पहने था। उन दोनों आदमियों ने इसे इशारा किया, मुर्गा बन जाने के लिए। तीसरे आदमी के पास कोई चारा नहीं था। वह झुक कर मुर्गा बन गया। दोनों आदमियों में से एक के पास बन्दूक थी। उसने घोड़ा चढ़ाया, दूसरा बोला, "इब ठीक है प्रिंसीपल साहब, बहुत मुर्गा बनाते हो,

बालकों को नकल भी कराते हो, हिस्सा भी देना नहीं चाहते चंडाल की औलाद…"। बन्दूक का घोड़ा दबा, गोली दोनों टाँगों के बीच से निकल कर सिर को फोड़ती हुई बालू में धँस गई।

दोनों लोग शव को बालू पर पड़ा छोड़ मेले में चले आये और सीधे नौटंकी में घुस गये नाटक 'दिल और दिलदार' देखने। लाउडस्पीकर के शोर-शराबे में किसी को भी बन्दूक की आवाज सुनाई नहीं पड़ी थी।

यह शव जौनगढ़ के गाँव खजुरियापुर के इण्टरमीडियेट कालेज के जुगेन्द्र सिंह कटियार का था। जुगेन्द्र सिंह खजुरियापुर इण्टर कालेज खजुरियापुर का पिछले दस वर्ष से प्रिंसिपल था। इस इण्टर कालेज में लगभग एक हजार छात्र और छात्राएं पढ़ते थे। कालेज में इमारत के नाम पर केवल ईंट के बिना प्लास्टर की दीवारों वाले पन्द्रह कमरे थे। खेल का कोई मैदान नहीं था। दसवीं क्लास तक के बच्चे जमीन पर टाट की पट्टियों पर बैठकर पढ़ते थे। कालेज लाइब्रेरी बनाने के बारे में कभी किसी ने विचार ही नहीं किया था। पानी पीने के लिए कालेज से एक फर्लांग दूर एक नलकूप लगा था। कालेज में पच्चीस अध्यापक थे।

खजुरियापुर इण्टर कालेज खजुरियापुर जौनगढ़ शहर से लगभग पैंतालीस किलोमीटर दूर ठेठ ग्रामीण क्षेत्र में स्थित था और आसपास के सौ-सवा सौ गाँव से छात्र यहाँ पढ़ने आते थे। किसी भी आधुनिक सेवाओं से कोसों दूर अभावों में परिपूर्ण इस इण्टर कालेज की ख्याति उत्तर प्रदेश, मध्य प्रदेश, बिहार, उड़ीसा एवं जम्मू कश्मीर तक थी। कारण? यहाँ का परीक्षाफल हमेशा शत-प्रतिशत रहता था। शायद ही कभी कोई छात्र किसी विषय में फेल होता हो।

शैक्षिक जगत में खजुरियापुर इण्टर कालेज की इस अप्रत्याशित सफलता का राज यहाँ के प्रिंसिपल की कर्मठता, अध्यापकों की कड़ी मेहनत अथवा छात्रों की कुशाग्रता नहीं वरन कालेज के मैनेजर की दूरदृष्टि थी। कालेज के मैनेजर दुर्वजनसिंह को पता था कि आजकल हर परीक्षा में छात्र नकल करना अपना जन्मसिद्ध अधिकार मानते थे। नकल करने से मना करने पर उन्हें बुरा लगना लाजिमी था। अक्सर छात्रों और अध्यापकों में संघर्ष उत्पन्न होता था। इसके अलावा नकल पर पूर्ण प्रतिबन्ध लगाने से

कालेज का रिजल्ट भी खराब होता था, फेल हुए छात्रों का भविष्य खराब होता था। किसी भी छात्र का फेल होने का मतलब उसे नौकरी मिलने में कम-से-कम एक वर्ष की देरी। इसके फलस्वरूप वो अपने माँ-बाप और सोसायटी पर एक वर्ष और बोझ बना रहता है। देश एक होनहार नौजवान की उत्पादकता का पूरा एक वर्ष खो देता है। इस प्रकार जितने भी छात्र फेल होते, देश उतने ही उत्पादकता वर्ष खोता।

चूंकि दुर्वजनसिंह आधुनिक भारत का एक देशभक्त व्यक्ति था। वह अपनी आँखों के सामने अपने देश का इतना बड़ा नुकसान बर्दाश्त नहीं कर सकता था। इसलिए उसने ठान लिया था कि वह अपने कालेज में छात्रों को नकल करने की पूरी छूट देगा और नकल करते समय उनकी सुख-सुविधा की पूरी-पूरी व्यवस्था करेगा। चूंकि सुख-सुविधा और सुरक्षा देने में आर्थिक व्यय आता था और दुर्वजनसिंह शुरू से ही छात्रों को स्वावलम्बी बनने की सीख देना चाहता था इसलिए वह प्रत्येक छात्र से परीक्षा का फार्म भरने के समय सरकारी फीस के अलावा तीन सौ रुपये भी लेता था। इसके बदले छात्रों की परीक्षा के समय पुस्तकें लाने की छूट दी जाती थी। कुछ अति आवश्यक पाठ्य-पुस्तकें कालेज द्वारा उपलब्ध कराई जाती थीं। सुरक्षा के लिए चार-पाँच बन्दूकधारी परीक्षा के समय पहरे पर रहते थे ताकि शिक्षा विभाग के उड़नदस्ते अनावश्यक रूप से छात्रों को परेशान न करें। यही कारण था कि दुर्वजनसिंह के कालेज में देश के कोने-कोने से छात्र-छात्राएं परीक्षा देने आते थे। इस कालेज का रिजल्ट लगभग शत-प्रतिशत रहता था और वर्ष भर लगातार बार-बार पाठ पढ़ाने का झंझट भी नहीं रहता था।

दुर्वजनसिंह के इस शिक्षा और परीक्षा व्यापार में पूरा-पूरा साथ देता था प्रिंसिपल जुगेन्द्रसिंह। जुगेन्द्रसिंह दुर्वजनसिंह से उम्र में पन्द्रह वर्ष छोटा था और जब से कालेज में आया था, बराबर दुर्वजनसिंह का साथ दे रहा था। दोनों का चोली-दामन का साथ था। लेकिन पिछले दो वर्ष से इन दोनों की गाढ़ी दोस्ती में मतभेद की दरारें उभरने लगी थीं। उम्र बढ़ जाने के कारण दुर्वजनसिंह अब कालेज में ज्यादा समय नहीं दे पाता था। उधर जुगेन्द्रसिंह का परिवार भी बड़ा हो गया था। उसकी जरूरतें भी बढ़ रही

थीं। वेतन के अलावा परीक्षा आय से उसको केवल पच्चीस प्रतिशत हिस्सा ही मिलता था जबकि नब्बे प्रतिशत काम उसी को करना पड़ता था। वह चाहता था कि कम-से-कम पचास प्रतिशत हिस्सा उसे मिले। कई बार उसने इस बात को दुर्वजनसिंह के सामने उठाया लेकिन वह हमेशा उसे टाल गया।

दोनों का मतभेद बढ़ता गया। जुगेन्द्रसिंह ने पहले तो अपना हिस्सा पच्चीस से पचास प्रतिशत बढ़ाया लेकिन बाद में उसे साठ-सत्तर प्रतिशत तक ले गया। दुर्वजनसिंह को यह मंजूर नहीं था, उसने मौका पाकर जुगेन्द्रसिंह को अपने रास्ते से हटा दिया। जौनगढ़ में प्रतिदिन होने वाले अपराधों में एक हत्या का मामला और जुड़ गया। इसका असर मेले पर भी हुआ। लाश दूसरे दिन सुबह पाँच बजे मेला क्षेत्र के पास ही पाई गई थी। दुकानदार अपने को असुरक्षित महसूस करने लगे। मेले में पुलिस फोर्स और बढ़ाना पड़ा। मेले के शुरू में ही हत्याकांड ! सिर मुड़ाते ही ओले पड़े।

मेला समिति में केवल वर्तमान विधायकों को ही सदस्य रखा गया था इस बात से जौनगढ़ के भूतपूर्व एवं अभूतपूर्व विधायकगण माथुर साहब से नाराज हो गये थे। सबसे ज्यादा नाराजगी महमूदपुर के भूतपूर्व विधायक गजेन्द्रसिंह राठौर की थी। वे केवल भूतपूर्व विधायक ही नहीं, भूतपूर्व उप-मंत्री भी थे। हर जिलाधिकारी ने उनके क्षेत्र में उनकी प्रभुता को स्वीकार करते हुए उन्हें जिले की हर छोटी-बड़ी कमेटी में सदस्य के रूप में रखा था। माथुर साहब ने उनकी उपेक्षा कर भयंकर भूल की थी और इसका बदला उनसे लिया जाना आवश्यक था। गजेन्द्रसिंह जी मौके की तलाश में थे।

मौका मिला जब राजधानी से मंत्री जी मेला देखने आये। उसी दिन महमदपुर में गजेन्द्रसिंह जी ने विकास खण्ड पर एक बैठक मंत्री जी के लिए बुला ली। बैठक में जिलाधिकारी माथुर साहब को भी बुलाया गया। बैठक

विकास खण्ड कार्यालय में विकास कार्यों पर चर्चा करने के लिए बुलाई गई थी इसलिए सभी सरकारी अधिकारी व कर्मचारी वहाँ मौजूद थे लेकिन माइक पर संचालन वयोवृद्ध नेता श्री रामबहादुर ओझा साहब कर रहे थे।

बैठक की शुरुआत मंत्री जी को माल्यार्पण व स्वागत गानों से हुई। उसके बाद जनपद में हुई बीस-सूत्रीय कार्यक्रम के अन्तर्गत प्रगति का बखान विकास अधिकारी द्वारा किया गया। उसके बाद एक के बाद एक नेताओं व अधिकारियों ने मंत्री जी को विकास खण्ड में आने पर धन्यवाद दिया। नेताओं ने अधिकारियों और अधिकारियों ने नेताओं की बड़ाई की व आपसी सामंजस्य पर जोर दिया। नीचे दरी पर बैठा जनसमूह बीच-बीच में सर हिला रहा था, ताली बजा रहा था और भारत माता से शुरू कर महात्मा गांधी व प्रधानमंत्री तक होते हुए मंत्रीजी की जय के नारे कभी-कभी लगा रहा था।

ओझा साहब को पत्रकारों से बहुत ही प्यार था। उन्हें एक-दो पत्रकार भीड़ में दिखाई दिये। ओझा जी को लगा कि पत्रकार अगर नाराज हो गये तो उनकी फोटो अखबार में नहीं छपेगी इसलिए उन्होंने पत्रकारों को भी मंच पर ही बुलाकर बैठा लिया।

लगभग सभी लोगों के बोलने के बाद गजेन्द्रसिंह जी ने मंच पर आकर माइक सँभाल लिया और बोलना शुरू किया, "माननीय मंत्री जी, आप हमारे बिलाक में आये, इसका बहुत-बहुत धन्यवाद। अभी तक आपने जनपद के विकास के बारे में सरकारी आँकड़े सुने। हमें कहना तो नहीं चाहिए, हम भी सत्ता पक्ष के हैं लेकिन अगर सही तथ्य आपके सामने प्रस्तुत नहीं किये गये तो यहाँ की जनता के साथ घोर अन्याय होगा और सरकार के साथ विश्वासघात होगा। हमें आपको यह बताना है कि इस जनपद में सारा काम फर्जी तरीके से हो रहा है, केवल कागजों पर हो रहा है। कोरी आँकड़ेबाजी हो रही है। फील्ड में कोई काम नहीं हो रहा है। सारा विकास कार्य ठप पड़ा है।

"माथुर साहब नये-नये इस जनपद में आये हैं। इन्हें अभी पूरा ज्ञान नहीं है। पता नहीं किस डिपार्टमेंट में थे, यहाँ आने से पहले। इन्हें पता नहीं है कि विकास कार्य किस तरीके से होता है। इनसे पहले जो कलेक्टर थे,

बड़े ही होनहार थे। माथुर साहब अपनी पिछली फाइलें निकालकर देखें कि कैसे काम होता है। जवाब दें माथुर साहब, कि ये विकास कार्य क्यों नहीं हो रहा है, आखिर क्या बात है···"

गजेन्द्रसिंह के समर्थकों ने तालियाँ बजाईं। सरकारी अधिकारियों को साँप सूँघ गया। वे दुम साध कर बैठे रहे। माथुर साहब का चेहरा तमतमा गया। उन्हें लगा कि अगर वे कुछ देर और बैठे तो कोई दुर्घटना हो सकती है। सारे समारोह, माइक, तख्त, पण्डाल, कुर्सी, मेज का इन्तजाम उन्होंने किया था और इसी मंच पर गजेन्द्रसिंह कब्जा कर उन्हें भला-बुरा सुना रहे थे। माथुर साहब का मन हुआ कि मंच पर रखे माइक को उठाकर पटक दें और गजेन्द्रसिंह का हाथ पकड़कर घसीट कर नीचे खींच लें लेकिन मंत्री जी मंच पर विराजमान थे। माथुर साहब जिले के वरिष्ठतम अधिकारी थे, उनके ऊपर देश, प्रदेश और विदेश के वे सभी कानूनी और सामाजिक नियम लागू होते थे जिन्हें कि जनप्रतिनिधिगण हर कदम पर पैरों-तले रौंद देते हैं। वे ऐसा नहीं कर सकते थे इसलिए उन्होंने वही किया जो कि एक शरीफ और इन्सानियत से लिपा-पुता आदमी कर सकता है। वे समारोह से उठकर चले आये। गजेन्द्रसिंह उनके चले जाने के बाद भी लगातार आधे घण्टे तक धुआँधार बोलते रहे। उन्हें पूरा विश्वास हो गया कि अब माथुर साहब उन्हें भूल नहीं सकते थे।

इन्स्पेक्टर मलिक मेले के थाने का इंचार्ज था। मेले का यह थाना नया थाना था। सरकार से मंजूरी नहीं थी। आसपास के थानों से सिपाही मँगाये गये थे। थाना सदर और नदी के उस पार थाना रम्पुरा के इलाकों को मिलाकर नया थाना बनाया गया था। इस इलाके को देखने के लिए इन्स्पेक्टर मलिक को दोनों थानों के थानेदार के अधिकार दिये गये। यह बात रम्पुरा और सदर के थानेदारों को पसन्द नहीं आई। उन्होंने अपनी नाराजगी दिखानी शुरू कर दी।

कोई भी थानेदार यह नहीं चाहता कि उसके क्षेत्राधिकार में किसी भी प्रकार का कोई भी हस्तक्षेप किसी अन्य थानेदार द्वारा किया जाये। अपने क्षेत्र में स्वयं प्रभुत्व बनाये रखने की आदत दुनिया के हर कोने में और पृथ्वी पर पाये जाने वाले हर जन्तु में मिलती है और हर एक का अपना-अपना तरीका होता है। शेर अपने क्षेत्र में घुसने वालों को जान से मार देता है। कुत्ते बाहरी आगन्तुकों को खदेड़कर भगा देते हैं। कहा जाता है कि दरियाई घोड़े कीचड़ व अपने गोबर को उछाल-उछालकर घुसपैठियों को डराते-धमकाते हैं।

थानेदार चूंकि मनुष्य जाति में आते हैं अतः वे क्षेत्राधिकारों में हस्तक्षेपियों को रोकने के लिए विभिन्न अस्त्रों का प्रयोग करते हैं। एक अस्त्र है उच्चाधिकारियों को शिकायती पत्र भेजना। पत्र कुछ इस प्रकार के होते हैं।

सेवा में,

श्रीमान् वरिष्ठ पुलिस अधीक्षक महोदय,

बड़े ही कष्ट के साथ कहना पड़ रहा है कि थानाध्यक्ष सौरव मेरे थाने में अक्सर आकर दबिश देते रहते हैं और इसकी कोई भी पूर्व सूचना मुझे नहीं दी जाती है। दबिश में कुछ नहीं मिलता और पुलिस प्रशासन की छवि धूमिल होती है। थानाध्यक्ष सौरव को कड़े निर्देश देने की कृपा करें।

भवदीय,

थानाध्यक्ष करीमगंज

इस प्रकार के पत्रों से असर न होने पर स्थानीय नेताओं के माध्यम से अपने प्रतिद्वन्द्वी के पिछले सारे कुकर्मों का पर्दाफाश किया जाता है। मसलन—

श्रीमान् पुलिस अधीक्षक महोदय,

आपके संज्ञान में यह लाना है कि श्री रामबली सोमवंशी जो कि पिछले दो वर्षों से थानाध्यक्ष सोंठ के पद पर कब्जा जमाये हुए हैं, निहायत ही भ्रष्टाचारी अधिकारी हैं। इनके समय में थाना सोंठ में लूट, हत्या, आगजनी, बल्वा जैसी घटनाओं में अप्रत्याशित बढ़ोत्तरी हुई है। गुण्डों और बदमाशों को खुली छूट है—

आपसे निवेदन है कि आप इनका तुरन्त स्थानान्तरण करें—

कमलसिंह राठौर

महामंत्री

समाजवादी पार्टी (शर्मा गुट)

यदि इस 'डिफेन्सिव' एक्शन से भी मसला हल न हो तो फिर आक्रामक कार्यवाही पर विवश होना पड़ता है और कुछ वारदातें दुश्मनी क्षेत्र में कराई जाती हैं। थानाध्यक्ष राजेपुर ने भी यही किया। एक दिन वो दलबल के साथ आये और गंगा के दक्षिणी किनारे पर लगे बैरियर को तोड़ गये और दो होमगार्डों को पकड़कर ले गये। अकारण जान-बूझकर यातायात अवरुद्ध करने के जुर्म में। इसी प्रकार गंगा के पश्चिमी किनारे में लगी दुकानों को थानाध्यक्ष जौनगढ़ ने 'डिइन्क्रोचमेंट ड्राइव' चलाकर धराशायी कर दिया।

थानेदारों के इस आपसी युद्ध से मेले में अव्यवस्था फैलने लगी। मेले के थाने का इंचार्ज इन्स्पेक्टर मलिक परेशान हो गया। लेकिन उसने भी हार नहीं मानी। उसके भी बाल धूप में सफेद नहीं हुए थे और वो किसी भी हालत में मेला 'फेल' नहीं होने देना चाहता था। उसने दोनों थानाध्यक्षों को सबक सिखाने की ठान ली। राजेपुर का थानेदार रामसुखसिंह पियक्कड़ आदमी था। इन्स्पेक्टर मलिक ने अपने एक चेले को उसके पास भेजा। चेले ने रामसुखसिंह को दारू पीने की दावत दी, जो उसने सहर्ष स्वीकार कर ली। चेले ने रामसुखसिंह को शाम को जमकर दारू पिलाई और प्रस्ताव रखा कि मेले में चलकर नौटंकी देखी जाय। रामसुखसिंह फौरन मान गया। चूंकि नशा काफी बढ़ चुका था इसलिए वर्दी पहने ही नौटंकी देखने चला गया। नौटंकी रात भर देखी और कलाकारों को खुश होकर जी भर दाद दी। इधर रामसुखसिंह नौटंकी का आनन्द ले रहा था उधर उसकी दावत का मेजबान टेलीफोन पर स्थानीय पत्रकारों को खास खबर दे रहा था।

दूसरे दिन बड़ी-बड़ी सुर्खियों में खबर छपी "नशे में धुत, थानाध्यक्ष राजेपुर द्वारा रात भर नौटंकी में हंगामा।" यह खबर वरिष्ठ पुलिस अधीक्षक द्वारा भी पढ़ी गई। थानाध्यक्ष राजेपुर रामसुखसिंह छः माह के

लिए लाइन हाजिर कर दिये गये।

थानाध्यक्ष राजेपुर से निपटने के बाद इन्स्पेक्टर मलिक ने थानाध्यक्ष सदर का इलाज किया। जिन दुकानदारों की दुकानें तोड़ी गई थीं उनके लिए एक अच्छा वकील तय किया। दुकानदारों ने दीवानी अदालत में थानेदार सदर के ऊपर दस हजार रुपये का हर्जाना का मुकदमा दायर कर दिया। हर तीसरे दिन कोर्ट में चक्कर लगाते-लगाते थानेदार महोदय की नाक में दम हो गई।

इन्स्पेक्टर मलिक के इस जवाबी आक्रमण के बाद मेला क्षेत्र में उसका निर्विवादित एकाधिकार स्थापित हो गया और हर ओर उसकी तूती बोलने लगी।

भैंरों बाबा को मेले में यदि सबसे ज्यादा कोई चीज खटकती थी तो वह थी मेले का थाना। मेले में थाना बन जाने से और हर ओर वर्दीधारी सिपाहियों की तैनाती होने से उनके कार्यकलापों में बाधा पहुँच रही थी। उनके चेले अब उतनी स्वतंत्रता से मेले में घूम-घूम कर कल्पवासियों को डरा-धमका नहीं पा रहे थे। उनके डेरे में इस बार उतनी भीड़ नहीं थी जितनी कि पिछले वर्ष थी। खाली पुलिस के सिपाही ही ड्यूटी पर आते तो कोई बात नहीं थी। उनके अलावा इन्स्पेक्टर मलिक खुद घूम-फिर कर हर जगह चेकिंग करता था। भैंरों बाबा को इन्स्पेक्टर मलिक इस सारे तमाशे का मुख्य खलनायक नजर आने लगा। उन्होंने उसका विरोध करने की ठान ली।

इन्स्पेक्टर विरोधी आन्दोलन के प्रथम चरण में शिकायती पत्र भेजे गये। शिकायत मुख्यमंत्री को सम्बोधित थी और उनकी प्रतिलिपियाँ जिलाधिकारी और पुलिस अधीक्षक को भेजी गई थीं। इन पत्रों में कहा गया था कि इन्स्पेक्टर मलिक एक निहायती भ्रष्ट, घूसखोर, आलसी अधिकारी है। इसका सारा समय अपने दलालों के माध्यम से अवैध वसूली कराना और

अपनी छत्रछाया में सट्टा खिलवाना व व्यभिचार को बढ़ावा देना था। इन्स्पेक्टर के खिलाफ मेले में घोर असन्तोष व्याप्त था और यदि इसे तुरन्त हटाकर दण्डित नहीं किया गया तो अशान्ति फैल सकती थी और इसकी पूरी जिम्मेदारी वरिष्ठ पुलिस अधिकारियों की होगी। इन पत्रों का कोई विशेष असर न होते देख भैरों बाबा ने इन्स्पेक्टर विरोधी आन्दोलन का दूसरा चरण प्रारम्भ कर दिया और हर दिन दोपहर तीन बजे डेरे में लगे माइक पर इन्स्पेक्टर को भला-बुरा कहना शुरू कर दिया।

भैरों बाबा की आदतें लोग जानते थे। इसलिए फिलहाल इस आन्दोलन का कोई असर नहीं हुआ और इन्स्पेक्टर मलिक अपनी जगह पर बरकरार रहा।

बसंत पंचमी के दिन बड़ा नहान था। मेला भी पूरा लग चुका था। गंगा पर बने पुल के एक ओर दूर-दूर तक बाबाओं के डेरे और कल्पवासियों के तम्बू और झोपड़ियाँ लगी हुई थीं। मेले के इस भाग की बल्लियों को लगाकर चौकोर टुकड़ों में बाँटा गया था। दो बड़ी चौड़ी सड़कें पुल के समानान्तर बन्धे से लेकर गंगा की धार तक बनाई गई थीं। इन सड़कों के बीच में बल्लियों के खम्बे लगाकर दोनों ओर ट्यूब लाइटें लगी थीं। सड़क के दोनों ओर दुकानें लगी थीं। दुकानों के पीछे बाबाओं के डेरे और कल्पवासियों के झोपड़े। दुकानें हर प्रकार की थीं। चप्पलें, बेलन और आलू के चिप्स, लकड़ी के सामान की दुकानें। बिन्दी, चुटीले, माला और शीशों से सजी महिला शृंगार की दुकानें, प्लास्टिक के बन्दूक, तमंचों से लदी हुई खिलौनों की दुकानें। कुछ दुकानों पर गीता, रामायण, वेदपुराण, आरती की पुस्तकें बिक रही थीं। सड़क के बीचोबीच एक कतार में ठेलों पर छोले-भटूरे से लेकर बन्दगोभी तक बिक रही थी। एक ही कतार में लगभग दो सौ दुकानें होने पर भी हर दुकान पर खरीददारों की भीड़ लगी हुई थी। बच्चे, महिलाएँ, बूढ़े, जवान, लगातार कुछ न कुछ खरीद रहे थे। कुछ न कुछ खा रहे थे।

नदी-तट पर नहान चल रहा था। खुशी से उछलकूद कर डुबकियाँ लगाकर विशाल जन मानस गंगा स्नान कर रहा था और मल-मल कर अपने पाप धोने की कोशिश कर रहा था। पुल के नीचे से शुरू होकर एक किलोमीटर की लम्बाई में इस समय नहाने वाली जनता की भीड़ लगी हुई थी। गहरे हरे, नीले, लाल, पीले रंग के परिधान पहने लोग गंगा स्नान का आनन्द ले रहे थे। पुल के नीचे पानी गहरा नहीं था मुश्किल से तीन-चार फिट की गहराई होगी फिर भी नावों पर चढ़कर लोग इस पार से उस पार जा रहे थे।

गंगा नहाकर चन्दन लगाना आवश्यक माना जाता है। किनारे पर एक कतार में छतरियाँ लगाये तख्त डाले घटवहे चन्दन घिस रहे थे और लोगों की सेवा कर रहे थे। चन्दन के साथ, पूजा-पाठ का भी पूरा इन्तजाम था। कंघा, तेल, साबुन जो चाहिए 'घटवहिया' हाजिर कर सकता था। इस समय करीब पचास घटवहिया लोकसेवा में अपना जीवन अर्पित कर रहे थे। सेवा की फीस कुछ नहीं थी, केवल दान-दक्षिणा, जो ऐसे मौके पर लोग खुलकर देते हैं।

गंगा पुल से नब्बे अंश का कोण बनाते हुए दो किलोमीटर लम्बा बन्धा था जिसके समानान्तर मेले का मुख्य बाजार लगा हुआ था। इस बाजार में पचास खजले की दुकानें मुख्य आकर्षण थीं। खजले को दाद, खाज-खुजली से जोड़ना उचित नहीं होगा। खजला एक खाने की वस्तु होती है जो कि सिर्फ इस प्रकार के मेलों में नजर आती है। मैदा सूजी और चीनी से बने सफेद, भूरे रंग से खजलों के गोल चकले इन दुकानों पर सजे होते हैं। खजले की दुकानों के बाद मुख्य खाने का बाजार लगा हुआ था। अलीगढ़ वाले की मिठाई की दुकान, मेरठ वाले की छोले-भटूरे की दुकान, शिकोहाबाद का मशहूर होटल, चोंगेवाले का शुद्ध शाकाहारी भोजनालय एक के बाद एक कतार में लगे हुए थे और अपने-अपने तरीकों से ग्राहकों को आकर्षित करने की चेष्टा कर रहे थे।

फिरोजाबाद की मशहूर जलेबी की दुकान पर दिन-रात हलवाई बड़ी-सी कड़ाही में कपड़े में मैदा भरकर जलेबियाँ बनाता रहता था। उसके बराबर में चाट की दुकान वाला, आलू की टिकिया के तवे पर लोहे के पलटे

को टकराकर समय-समय पर मेला देखने वालों का आवाहन करता था। "आइये-आइये, जोरदार, मसालेदार, चटपटी, पहाड़ी आलू की टिकिया।"

खान के बाजार के अन्त में घंट वाले हलवाई की सौ साल पुरानी मोतीचूर के लड्डू की दुकान थी जिस पर हमेशा खरीददारों की लम्बी लाइन लगी रहती थी। इस दुकान के बाद थे तीन बड़े-बड़े फोटो स्टूडियो। इस फोटो स्टूडियो में दुनिया की किसी भी पोशाक में मोटर साइकिल, कार, साइकिल, नाव, हवाई जहाज पर चढ़कर, पहाड़, जंगल, ताजमहल या पेरिस की एफिल टावर के साथ फोटो खिचवाई जा सकती थी। खिचवाई जा सकती नहीं बल्कि कहना चाहिए कि इन स्टूडियो के आस-पास से गुजरने वालों को कई बार मजबूरन फोटो खिचवानी पड़ती थी। थोड़ी-सी भी जिज्ञासा का प्रदर्शन करते हुए अगर कोई स्टूडियो के पास खड़ा हो जाता था तो स्टूडियो वाले उसको लगभग पकड़कर अन्दर ले जाते और कोई न कोई पोशाक उसके ऊपर लाद देते थे फिर फोटो खिचवाना जरूरी हो जाता था।

फोटो स्टूडियो के साथ ही लगा था कपड़ा बाजार, जहाँ बनियान हैण्डलूम कारपोरेशन की कम्बल की दुकान से लेकर 'हर कपड़ा दस रुपिया' स्तर तक की दुकानें लगी हुई थीं।

जिन्दगी की सब जरूरतें पूरी करने के बाद ही कहानी किस्से की किताबें खरीदने के बारे में सोचा जाता है। उस पर भी कोशिश रहती है कि सस्ती से सस्ती किताबें खरीदी जायें इसलिए किताबों की दुकान पर भीड़ न के बराबर थी। पुल के दूसरी ओर खेल-तमाशे वालों का मैदाने जंग लगा हुआ था। मेले के इस हिस्से में अपार भीड़ थी। मौत के कुए में मोटर-साइकिल सवार, दर्शकों का दिल दहलाने वाले करतब दिखा रहा था। बिजली से चलने वाले जाइन्ट व्हील का आनन्द लेने के लिए लोगों की लाइन लगी हुई थी। सबसे ज्यादा शोर हँसी गोलगप्पा तमाशे वाला कर रहा था। चौकोर तम्बू के अन्दर तरह-तरह के शीशे लगाकर यह हँसी का गोलगप्पा तैयार किया गया था। हर शीशे में आदमी के शरीर का अनोखा विकृत स्वरूप दिखाई पड़ता था। किसी शीशे में मुँह का आकार चार गुना किसी में पैर चार फिट लम्बे और मुंह पिचककर केवल दो इंच का, किसी

का पूरा शरीर दो भागों में बँटा हुआ। इन शीशों को देखकर कुछ लोगों को हँसी आती थी और कुछ को रोना। लेकिन हँसी के गोलगप्पे के बाहरकेवल टेप रिकार्डर पर बज रही अनवरत हँसी ही सुनाई पड़ती थी।

देहरादून के सर्कस के अन्दर से लगातार शेर के दहाड़ने की आवाजें आ रही थीं। वैसे इस सर्कस में शेर का शरीर लगभग अर्धमृत अवस्था में अपने शरीर के ही आकार के पिंजड़े में बन्द पड़ा था। इस मरियल शेर में इतनी ताकत नहीं थी कि वह पाँच मिनट तक भी दहाड़ मारे। दहाड़ों की आवाजें आ रही थीं, एक भैंस की चमड़ी से। यह भैंस चार वर्ष पूर्व मर चुकी थी और इसकी चमड़ी इस समय आधे फटे हुए घड़े पर मढ़ी हुई थी। इस चमड़ी के बीचोबीच छेद कर एक पतली मजबूत सींक बाँधी गई थी जिसको कि एक आदमी पानी के भीगे हाथों से खींच रहा था और जबर्दस्त आवाजें पैदा कर रहा था।

देहरादून सर्कस के अन्दर पच्चीस कटघरे और पिंजरे थे जिनमें हिरन, तेंदुए, खरगोश, सेही, भालू, बन्दर, जंगली बिल्लियाँ, बारहसिंघा जैसे जानवर बन्द थे। ये पशु जंगल की खुली हवा से कोसों दूर दर्शकों की यातनाओं से दुःखी छटपटा रहे थे, तथा अनपढ़ मूढ़ ग्रामीण जनता का मनोरंजन कर रहे थे और अपने मालिक का पेट भर रहे थे।

'भारत थियेटर' के बाहर मचान पर एक लड़की फिल्मी धुनों पर नाच रही थी और माइक पर बैठा हुआ आदमी 'भारत थियेटर' के मशहूर कलाकारों के गुणों का बखान अनवरत कर रहा था। थियेटर के बाहर भीड़ लगी हुई थी। ज्यादातर लोग मचान पर नाच रही लड़की को देखकर आगे बढ़ रहे थे, कुछ टिकटें खरीद कर अन्दर जा रहे थे।

'भारत थियेटर' के बराबर ही 'विचित्र संसार' नामक अभूतपूर्व प्रदर्शनी लगी हुई थी। इस प्रदर्शनी में तीन अजूबे दिखाये गये थे। जमीन से तीन फुट ऊंचा बिना किसी सहारे के बैठा हुआ 'सिद्ध जोगी'; आधा मनुष्य और आधा सर्प का धड़ लिये हुए 'नाग बाला'; पाँच टुकड़ों में कटा हुआ जिन्दा आदमी जो पूछने पर बाकायदा अपना नाम-पता बताता था।

'स्वर्ग-नरक' नाम के थियेटर में कठपुतलियों के माध्यम से दिखाया जा रहा था कि पुण्य करने वाले किस तरह स्वर्ग जाकर ऐश करते हैं, स्वादिष्ट

मिष्ठान खाते हैं, चैन की वंशी बजाते हैं और पाप करने वालों को किस प्रकार की यातनाएँ झेलनी पड़ती हैं, किस तरह उन्हें लहू की नदी पार करनी पड़ती है, तेल के खौलते हुए कड़ाहों से गुजरना पड़ता है, इत्यादि इत्यादि।

'बिजेन्द्र शिवे' के काले जादू के पण्डाल में सबसे ज्यादा दर्शक थे। 'काला जादू' केवल आठ आना टिकट में। विजेन्द्र शिवे अपने शो की शुरुआत में बिना तली के ड्रम के अन्दर से दस-बारह कबूतर, पन्द्रह-बीस मुर्गियाँ, दो दर्जन गिलास और एक दर्जन तश्तरियाँ निकालकर दिखाता था। उसके बाद एक लोटे में आधा लीटर पानी जिसको कि वह वाटर आफ इण्डिया की संज्ञा देता था, निकालता था और लोटे को स्टेज के एक कोने में रख देता। हर आइटम के बाद शो के अन्त तक वह 'वाटर आफ इण्डिया' लोटे में से निकालता रहता था।

एक रुपये के नोट को सौ रुपये में बदल देना और फिर से उसे वापस एक रुपये में बदल देना उसके बायें हाथ का खेल था। शो के मध्यकाल में विजेन्द्र शिवे, एक दर्शक स्टेज पर बुलाता था और उसकी कलाई घड़ी लेकर कागज की पुड़िया में बाँधकर एक पत्थर पर रख देता था फिर बड़े से हथौड़े से उस घड़ी को चकनाचूर कर दिया जाता था। घड़ी के मालिक के मुँह पर खिसियानी हँसी के साथ हवाइयाँ उड़ने लगती थीं। तब 'विजेन्द्र शिवे' इत्मीनान से घड़ी के मालिक की कमीज या पैण्ट की जेब में हाथ डालता और सही-सलामत घड़ी निकालकर पेश कर देता।

ताश के पत्तों को जोड़कर रिंग बना देना; एक बाल्टी पानी पीकर मुँह से वापस निकाल देना, मुँह से अंगारे निकालने के छोटे-छोटे आइटमों के बाद किसी महिला दर्शक की सोने की अँगूठी को लोहे के छोटे-से स्टेण्ड पर रखकर गोली से उड़ाया जाता था। गोली, दर्शकों के पीछे खड़े सहायक के सीने पर लगे लोहे के डिब्बे पर लगती।

उसके बाद डिब्बा स्टेज पर लाकर खोला जाता। डिब्बे के अन्दर छोटा डिब्बा और उसके अन्दर एक और छोटा डिब्बा निकलता। इसके अन्दर सन्तरा, सन्तरे के अन्दर अण्डा, अण्डे के अन्दर लीची और लीची की गुठली तोड़ने के बाद उसके अन्दर से वही अँगूठी निकल आती थी।

शो के लास्ट आइटम में एक जवान खूबसूरत लड़की को लकड़ी काटने वाले बिजली के आरे से दो टुकड़ों में काट दिया जाता था फिर 'विजेन्द्र शिवे' घुटनों के बल जमीन पर बैठा आँखें बन्द किये हाथ ऊपर उठाये होंठों में बुदबुदाकर ईश्वर से दुआ माँगता था और वापस आकर लड़की के दो हिस्सों को फिर से जोड़कर तालियों की गड़गड़ाहट के बीच 'शो' खत्म करता था। इतना सब केवल आठ आने में !

'काला जादू' से सौ गज की दूरी पर 'ग्रेट इण्ड़ियन सर्कस' साठ हजार वर्ग फीट में फैला हुआ था। इस सर्कस का हर तम्बू खेमा, दरवाजा तरह-तरह के रंग-बिरंगे बिजली के बल्बों व राड से ढका हुआ था। सर्कस के लोहे के ग्रिल के दरवाजे के अन्दर की ओर दो सौ मीटर लम्बी गैलरी थी जिसे लाल पत्थर से फर्श बनाया गया था। इस गैलरी के दोनों ओर सर्कस के घोड़े, हाथी, ऊँट, दरियाई घोड़े इत्यादि बँधे हुए थे। एक ओर छोटा-सा चबूतरा बनाकर सर्कस के स्वर्गीय मालिक विश्नुनरायन गुप्त की शीशे मढ़ी तस्वीर के ऊपर फूल चढ़ाकर उसके सामने अगरबत्ती जलाई गयी थी।

गैलरी के दूसरे छोर पर मुख्य, बारह खम्भे वाले तम्बू से बने स्टेडियम का द्वार था। स्टेडियम के बीचोबीच सौ मीटर डायमीटर के गोले में स्टेज था जो कि गोलाई में बनी हुई आधा फुट ऊँची लकड़ी की दीवार से घिरा हुआ था। स्टेज के चारों ओर चार विशालकाय खम्भे लगे हुए थे। इन खम्भों से सर्कस का मुख्य जाल चार टुकड़ों में लटका हुआ था। चारों टुकड़ों के आपस में जोड़ देने पर पूरे स्टेज पर जमीन दस फुट की ऊँचाई पर एक पूरा जाल बन जाता था। जाल के ऊपर तम्बू की छत से लटकते हुए झूलों पर कलाकार बेफिक्र होकर अपने करतब दिखा सकते थे।

स्टेज के दूसरी ओर वह द्वार था जिससे होकर सर्कस के कलाकार अन्दर आते थे। इस द्वार के ऊपर बैण्ड स्टेण्ड था जहाँ सर्कस का बैण्ड धुनें बजाता था और यहीं सर्कस मैनेजर का कन्ट्रोल रूम बना हुआ था। इस द्वार के दायीं ओर लोहे की पत्तियों का बना हुआ एक खोखला गोला था जिसके अन्दर मोटर साइकिल सवार अपनी करामात दिखाता था।

स्टेडियम में पाँच हजार दर्शकों के बैठने की व्यवस्था थी। तीन रुपये वाले दर्शक तीसरी श्रेणी में स्टेडियम की गोलाकार परिधि में बनी हुई ऊँची

लकड़ी की सीढ़ीनुमा बैंचों पर बैठते थे। इन्हीं सीढ़ियों के आगे अर्ध गोलाकार परिधि में दूसरी श्रेणी में टीन की कुर्सियाँ लगाकर बनायी गयी थीं। दूसरी श्रेणी में आठ सौ दर्शक बैठ सकते थे। सबसे आगे नीची जमीन पर दो सौ कुर्सियाँ डालकर प्रथम श्रेणी बनायी गयी थी। इस सब व्यवस्था को बनाने में सर्कस के बारह सौ कर्मचारियों ने दिन-रात काम किया था। बसन्त पंचमी के दिन सर्कस का पण्डाल खचाखच भरा हुआ था, लेकिन सर्कस के पण्डाल के बाहर का दृश्य इस समय अन्दर के दृश्य से ज्यादा रोचक एवं विहंगम था। मेले में खेल-तमाशे वाले हिस्से में आने के लिए पुल के दायीं ओर से ढलान पर सड़क बनाई गई थी जो इस समय दर्शनार्थियों से भरी हुई थी। बसन्ती परिधान पहने हुए लोग लगातार मेले में आ रहे थे। बसन्ती समाँ बँध गया था। इसी बसन्ती समाँ में हलचल लाते हुए मजीरों, करतालों और शखों की आवाज उभर रही थी।

झम झमा झम, टन टना टन,
झम झमा झम, टन टना टन,
पूँ पूँ पूँ—

मेले में बाबाओं की सवारियाँ और जुलूस निकल रहा था। भगवे वस्त्रों में लिपटे हाथों में बड़े-बड़े त्रिशूल, झण्डे लाठी लिये हुए गले में रुद्राक्ष की मालाएँ डाले लगभग दो हजार बाबाओं का जुलूस—। जुलूस के बीच में हाथियों, घोड़ों और पालकियों में विभिन्न दलों के मुखिया लोग चल रहे थे। साथ में ढोलक, मजीरे, शंख, मृदंग लिये हुए चेले-चपाटे विभिन्न प्रकार की ध्वनियाँ पैदा कर रहे थे जिन्हें न तो संगीत कहा जा सकता था और न ही शोर-शराबा। बीच-बीच में ये चेले अपने आराध्य देवताओं की जयकार के साथ दल के मुखिया की जय-जयकार कर रहे थे।

हर हर महादेव, हर हर महादेव, हर हर महादेव,
बोलो भैरों बाबा की जय।
बोल हरि, बोल हरि, बोल हरि-3
बोलो बाबा नारदानन्द की जय।

बाबाओं और चेलों के पीछे दर्शनार्थियों और तमाशबीनों का एक बड़ा हुजूम चल रहा था। यह लोग बिना किसी कारण से इस जुलूस में सम्मिलित

थे। ज्यादातर लोग विभिन्न बाबाओं के डेरों के कल्पवासी थे और इस जुलूस में आदतन चल रहे थे। उन जैसे हजारों और लोग भी जुलूस में थे। इन लोगों के पास सर्कस देखने के लिए पैसे नहीं थे और न ही बाजार से सामान खरीदने के लिए। जुलूस में पीछे-पीछे चलना ही सबसे सस्ता था।

रामसनेही की जुलूसों में चलने की काफी पुरानी आदत थी। अक्सर चुनावों के समय उसके गाँव में भी तरह-तरह के जुलूस निकलते थे। हाथी-घोड़ों और भगवे वस्त्रों की जगह जीपें, मोटर साइकिलें और सफेद कुर्त्ते-पायजामे होते थे। झाँझ मजीरों और चिमटों की जगह लाउडस्पीकर और बैण्ड-बाजे होते थे। नारे भी इसी प्रकार के—पहले बड़े नेता का नाम और फिर जीप पर लदे उम्मीदवार नेता का नाम—

बोलो महात्मा गांधी की जय,
बोलो पूरनचन्द्र जी की जय।
या
बोलो भारत माता की जय—
बोलो प्रभातकुमार खण्डेलवाल की जय—
अथवा
बोलो इन्दिरा माता की जय,
बोलो करमवीर शास्त्री की जय।

रामसनेही की मन्द बुद्धि में दोनों प्रकार के जुलूसों का एक ही उद्देश्य था। अधिक से अधिक संख्या में जनता की कतार अपने पीछे लगाना जिसके पीछे जितनी लम्बी कतार वो उतना ही बड़ा, उतना ही महान, उतना ही बलवान और जनता का भी क्या? वो भी तो किसी-न-किसी कतार में लगना चाहती है। बिना कतार का आदमी कितना अकेला होता है। यही कारण था कि रामसनेही बहुत चाहने पर भी भैंरों बाबा का खेमा नहीं छोड़ पाया था। बिना खेमे के हो जाने की कल्पना मात्र से डरता था। इसीलिए वो इस वक्त जुलूस में भैंरों बाबा के जत्थे के साथ चल रहा था।

बसन्त पंचमी को जुलूस ने पूरे मेले का चक्कर लगाया। मेले के अन्दर और मेले के बाहर पुल पर जमा भीड़ ने इसका पूरा आनन्द लिया। बाबा

लोग भी खुश थे। इतनी बड़ी संख्या में उन्हें दर्शक आज तक नहीं मिले थे। हर बाबा अब अपने को और महान समझने लगा।

मेला क्षेत्र में प्रवेश शुल्क से दिनों दिन परेशानी बढ़ती जा रही थी। ठेका पचास हजार में हुआ था। इक्के-ताँगेवालों ने जो प्रदर्शन किया था उसका असर केवल एक-दो दिन ही रहा। मेले के एक महीने के अन्दर ही कम-से-कम एक लाख रुपिया पैदा करने की योजना थी ठेकेदार की। उसने मेला क्षेत्र के सभी प्रवेश के ठिकानों पर सख्त पहरेबन्दी कर दी। कोई परिन्दा भी बिना प्रवेश शुल्क दिये मेले में प्रवेश नहीं कर सकता था। ठेकेदार ने प्रभूदास की सलाह पर प्रवेश शुल्क के रेट निर्धारित रेटों से दुगुनी-तिगुनी धनराशि वसूलनी शुरू कर दी। रिक्शे वालों से तीन रुपिया, साइकिल सवार से दो रुपये, थ्री व्हीलर चालकों से दस रुपये, मोटर कारों, बसों से पन्द्रह रुपये, ट्रैक्टरों से बारह रुपये। इक्के-ताँगों वालों से भी पाँच रुपये प्रति फेरी लिया जा रहा था। सवारी ढोने वालों के अलावा सामान ले जाने वालों से यही प्रवेश शुल्क लिया जा रहा था। चूंकि गंगा पुल प्रदेश के मुख्य मार्ग पर था। जनपद से होकर जानेवाली बसें इसी पर से होकर जाती थीं इसलिए जो लोग मेला नहीं देखना चाहते थे उन्हें भी प्रवेश शुल्क देना पड़ रहा था।

असन्तोष बढ़ रहा था। अक्सर ठेका बैंरियर पर झगड़ा फसाद भी होने लगा। शिकायतें जिलाधिकारी माथुर साहब के यहाँ पहुंचने लगीं। माथुर साहब ने प्रभूदास को समझाने की कोशिश की। प्रभूदास ने भी समझने की कोशिश की लेकिन वो अपनी आमदनी को किसी भी कीमत पर छोड़ने को तैंयार नहीं था। झगड़े बढ़ते गये, ठेकेदार ने बैंरियर चौकियों पर बन्दूकधारी तैंनात कर दिये। माथुर साहब के सामने शिकायतों का पुलिन्दा बढ़ता गया। रातों की नींद हराम होने लगी। कोई बड़ा कदम उठाने की आवश्यकता थी। बसन्त पंचमी के दूसरे दिन—रात की नींद खराब होने के कारण माथुर साहब का मूड सुबह-सुबह अत्यन्त ही बिगड़ी हुई हालत में था।

सुबह का अखबार उठाकर देखा। बड़े-बड़े अक्षरों में खबर छपी थी 'मेले में प्रवेश शुल्क की अवैध वसूली।' इस खबर ने चिराग में घी का काम किया। माथुर साहब को लगा कि अब ठेकेदार को सबक सिखाना होगा। उन्होंने अपनी प्राइवेट गाड़ी उठायी और मेला क्षेत्र की ओर चल दिये। मेला क्षेत्र के प्रवेश पर ठेकेदार का बैरियर लगा हुआ था। चौकीदार ने फियेट गाड़ी को रोका और प्रवेश शुल्क माँगा। माथुर साहब ने पूछा :

"कितना पैसा लगेगा।"

"पन्द्रह रुपये निकालिए।" चौकीदार ने रूखेपन से जवाब दिया।

"पन्द्रह रुपये क्यों। रेट तो पाँच रुपये है।" प्रशासक माथुर साहब ने कहा।

"हमें नहीं पता साब, हम तो हर गाड़ी से पन्द्रह रुपिया ले रहे हैं।" चौकीदार ने कहा।

"कहाँ है तुम्हारा ठेकेदार। उसको बुलाकर लाओ!" माथुर साहब को गुस्सा आ गया और वो भूल गये कि उन्हें सामान्य नागरिक की भूमिका अदा कर सत्यता का पता लगाना था। किसी भी सामान्य नागरिक को इतनी हिम्मत नहीं हो सकती थी कि ठेकेदार के बारे में इस तरह की बातें करें। चौकीदार को शक हो गया कि हो न हो, है कोई जोरदार व्यक्ति। फिर भी उसने एक कोशिश करके देखी और कहा, "यहाँ ठेकेदार तो है नहीं।"

माथुर साहब को और गुस्सा आ गया, बोले, "है नहीं का क्या मतलब, बुलाकर लाओ।"

'सावधानी हटी दुर्घटना घटी', चौकीदार का शक विश्वास में बदल गया। उसने कहा, "जाइये साब, आपसे केवल पाँच रुपिया ही लेंगे।" उसने माथुर साहब से पाँच रुपये लेकर रसीद काट कर दे दी।

माथुर साहब की 'मौके पर रंगे हाथ पकड़ने' की योजना विफल हो गयी। सत्यता का पता तो लगा लेकिन भगवान के कलियुगी अवतार की तरह वह दुष्ट व्यक्तियों का नाश करने में असफल रहे और पाँच रुपये की रसीद लेकर बुझे मन से लौट आये।

खबर फैली और पिघली हुई बर्फ की तरह फैलती ही चली गयी। जैसे-जैसे खबर मिली, वैसे-वैसे ही उसका स्वरूप बदलता चला गया। खबर के

एक स्वरूप के अनुसार "जिलाधिकारी सुबह दनदनाते हुए बैरियर पर गये और उन्होंने जबरिया वसूली करनेवालों की जबर्दस्त पिटाई की।"

दूसरे स्वरूप के अनुसार जिलाधिकारी एक सरदार का भेष बनाकर ट्रैक्टर ट्राली पर गये और उन्होंने खुद अपनी आँखों से अवैध वसूली करते हुए गुण्डों को देखा।

लेकिन सबसे सनसनीखेज समाचार प्रदेश की राजधानी में प्रकाशित होने वाले समाचार पत्र में छपा जो इस प्रकार था :

"मेले में अवैध वसूली करने वाले पकड़े गये।"

पतित पावन माँ गंगा पर चल रहे माघ मास के कल्पवास के मेले में आने-जाने वालों से हो रही जबर्दस्त वसूली के सम्बन्ध में जाँच करने गये जिलाधिकारी भी जबरिया लूट के शिकार हो गये। बताया जाता है कि गत दिवस जिलाधिकारी अपने सहयोगियों के साथ मेला के बाहर की पुलिस लेकर मेला में जाने वालों से अपराधियों द्वारा अवैध वसूली की मिली शिकायत की जाँच करने अपनी कार मेले से दूर खड़ी करके जब एक रिक्शा से मेला में प्रवेश करने लगे तो अवैध वसूली करने वालों ने उनके रिक्शे को रोककर रिक्शा चालक से जबर्दस्ती दो रुपये की माँग की। जिलाधिकारी द्वारा हस्तक्षेप करने पर वसूली करने वालों ने उन्हें गाली देते हुए चुप रहने को कहा। इसी बीच मौका पाकर जिलाधिकारी महोदय ने अपने सहयोगियों, अधिकारियों तथा पुलिस दल को संकेत कर दिया। संकेत पाकर अधिकारियों और पुलिस ने अवैध वसूली करने वालों को मौके पर पकड़कर जेल भेज दिया। जिलाधिकारी के इस साहसिक कार्य के लिए नागरिकों तथा दर्शनार्थियों द्वारा प्रशंसा की जा रही है।

खबर छपने के बाद चर्चा और जोरों से हुई। माथुर साहब को गुस्सा चढ़ा ही हुआ था। उन्होंने प्रवेश शुल्क का ठेका निरस्त कर दिया। ठेकेदार इस प्रहार के लिए तैयार नहीं था। उसने फौरन प्रभूदास की शरण ली।

"क्या है रे!" प्रभूदास ने पूछा।

"ठेका निरस्त हुइ गया है।" ठेकेदार ने कहा। प्रभूदास को यह खबर लग चुकी थी इसलिए उसके चेहरे पर चिन्ताओं की रेखाएँ नहीं उभरीं। उसने तटस्थ भाव से पूछा :

"वसूली कितनी हो गयी ?"

"पँइसठ हजार तीन सौ," ठेकेदार ने जवाब दिया।

"बहुत कम है।" प्रभूदास ने कहा।

"इब क्या करें।" ठेकेदार ने फिर पूछा।

"चिन्ता नहीं, सिविल कोर्ट से स्टे ले लो।" प्रभूदास ने जवाब दिया।

"इस सिविल कोरट का चक्कर हम नहीं समझ पाते, आप ही कुछ करो।" ठेकेदार की घबराहट अभी कम नहीं हुई थी।

"चिन्ता नहीं, कल सुबह आठ बजे आ जाना।" प्रभूदास ने बिना विचलित हुए कहा। ठेकेदार प्रभूदास के पैर छूकर चल दिया।

"अरे हाँ---" प्रभूदास ने कमरे के बाहर जाते हुए ठेकेदार को पीछे से आवाज लगाते हुए कहा, "पाँच हजार के नोट भी डालते लाना भला।"

दूसरे दिन ठीक ग्यारह बजे ठेकेदार को कोर्ट से स्थगन आदेश मिल गया। बैरियर अपनी जगह बदस्तूर चलता रहा।

मेले में सांस्कृतिक कार्यक्रमों का भी आयोजन किया गया था। कल्पवासियों और बाजार के बीच सांस्कृतिक कार्यक्रम आयोजित करने के लिए विशालकाय पण्डाल लगाया गया था। पाँच-छः हजार दर्शकों के बैठने की जगह थी। चालीस फुट लम्बा बीस फुट चौड़ा स्टेज बनाया गया था जिस पर जनपद भर के सरकारी विभाग, स्वयंसेवी संस्थाएँ, नाटक मण्डलियाँ, एसोसियेशन अपने करतब दिखाने के लिए कसमसा रही थीं। मेला पहली बार लगा था। प्रदर्शन का सुनहरा अवसर था, बड़ा जोश था।

बसन्त पंचमी के दिन पण्डाल में पहला कार्यक्रम आयोजित किया गया 'ग्राम प्रधान सम्मेलन।' पंचायत विभाग के सौजन्य से इस सम्मेलन में ग्राम प्रधानों को प्रशिक्षित भी किया जाना था। ग्राम प्रधानों को प्रशिक्षित करने से पहले उनसे पूछा नहीं गया था कि वे प्रशिक्षित होना चाहते हैं अथवा नहीं। इसलिए लगभग एक घंटे तक विभिन्न अधिकारियों व जनपदीय जन प्रतिनिधियों के भाषण के पश्चात बात 'स्थानीय समस्याओं' पर

आकर अटक गयी। ग्राम प्रधान बहोरीपुर ने अपने सम्भाषण में कहा—

"जिला पंचायतराज अधिकारी महोदय, एस० डी० एम० व अन्य अधिकारीगण, यह खुशी का मौका है कि हमें यहाँ बुलाया गया लेकिन सब अपनी बात कर रहे हैं, हमारी ओर कोई ध्यान नहीं दिया है, खड़ंजे टूटे पड़े हैं, बड़ी दुर्दशा है। हम माँग करते हैं कि गाँव सभा फण्ड की बन्दरबाँट बन्द की जाये और हमें भी रुपिया दिया जाये, जै हिन्द।"

ग्राम प्रधान अहिपुरवा ने अपने संक्षिप्त भाषण में कहा, "हमें आजादी पाये पच्चीस बरस हो गये लेकिन अभी तक यहाँ अंग्रेजी हुकूमत का बोल-बाला है। ग्राम प्रधान को कोई भी अधिकार नहीं दिया गया है। हम लोग कोई भी काम अपनी मर्जी से नहीं करा सकते हैं। जरा-जरा-सी बात पर हमें निलम्बित कर दिया जाता है। जनतन्त्र में यह बात नहीं है। एस०डी०एम० से हमें निलम्बित करने का अधिकार तुरन्त वापस ले लेना चाहिए, बस और कुछ नहीं कहना है।" इसके बाद दो-तीन वक्ताओं ने और भी ओजपूर्ण भाषण दिये। इसी बीच पण्डाल के बाहर खड़े सिपाही ने जोर से सीटी बजाई। समारोह के मुख्य अतिथि 'जिलाधिकारी' आ पहुँचे थे। मंच पर बैठे सब लोग दरवाजे की ओर दौड़े। मुख्य अतिथि की अगवानी करने के लिए सब लोग एक घेरा बनाकर मुख्य अतिथि को मंच तक लाये। इसके बाद संयोजक महोदय ने माइक सँभाल लिया 'आ ठुक-ठुक—' माननीय जिला-धिकारी महोदय, एस०डी०एम० और बन्धुओ, यह परम सौभाग्य का विषय है कि—

"अब मैं आज की इस गोष्ठी के संयोजक जिला पंचायतराज अधिकारी से अनुरोध करता हूँ कि वे मुख्य अतिथि महोदय का माल्यार्पण करके स्वागत करें- "। इसके बाद माल्यार्पण का जो दौर चला उनमें पन्द्रह-बीस व्यक्तियों ने माथुर साहब का स्वागत किया। इसके बाद भाषणों का दौर चला और एक घण्टे तक चलता रहा। हर वक्ता ने ग्राम प्रधानों को अपने सुझाव से अवगत कराया कि उन्हें ग्राम विकास के लिए क्या करना चाहिए।

अन्त में कार्यक्रम के मुख्य अतिथि का भाषण हुआ। भाषण में मुख्य तौर पर यही कहा गया था कि समारोह में आने पर उन्हें अत्यन्त ही प्रसन्नता हुई। कार्यक्रम बहुत ही महत्वपूर्ण रहा और बहुत अच्छे ढंग से आयोजित

किया गया जिसके लिए आयोजकगण बधाई के पात्र हैं।

मुख्य अतिथि के भाषण के बाद ग्राम प्रधानों की ओर से धन्यवाद प्रस्ताव देने के लिए ग्राम प्रधान शेरपुर श्री जंगबहादुर उपाध्याय जी को संक्षिप्त रूप में अपनी बात कहने के लिए कहा गया। उपाध्याय जी अभी तक बोलने का मौका न दिये जाने के कारण काफी खीझ चुके थे। अत: उन्होंने केवल इतना कहा—

"चूंकि मुझे संक्षिप्त में अपनी बात कहने के लिए कहा गया है अत: मैं अपने सब ग्राम प्रधान भाइयों की ओर से मुख्य अतिथि महोदय को धन्यवाद देता हूँ, धन्यवाद।"

इसी प्रकार सांस्कृतिक पण्डाल का पहला समारोह सम्पन्न हुआ। समारोह समाप्त होने की खुशी में सब लोग बाहर निकलकर मेले की सैर को निकल पड़े। रात हो चली थी और मेले में बिजली की जगमगाहट से रौनक बढ़ गयी थी। पुल पर लगे खम्भों पर छोटे बल्बों की झालरें लगायी गयी थीं। पुल के बायीं ओर मेला प्रवेश द्वार बनाया गया था। यह द्वार इस समय ऊपर से नीचे तक चमकते बल्बों के प्रकाश में नहाया हुआ था। प्रवेश द्वार से शुरू हुए आधे किलोमीटर लम्बे बन्धे पर ट्यूबलाइट की कतार लगी हुई थी। बन्धे पर बने गोलाकार छतरी को सजाया गया था।

बन्धे के नीचे कल्पवासियों के डेरों और बाजार में लगी हुई बत्तियाँ एक पूरे शहर का दृश्य उत्पन्न कर रही थीं। पुलिस के दायीं ओर विद्युत प्रकाश का जाल और भी घना था। ग्रेट इण्डियन सर्कस के विशालकाय तम्बू पर चलती-फिरती रोशनियाँ लगायी गयी थीं। हर खेल-तमाशे वाले ने ज्यादा-से-ज्यादा सजावट करने की कोशिश की थी।

मेले में लगी ये रोशनियाँ शहरवासियों के लिए मुख्य आकर्षण थीं। यह आकर्षण इसलिए भी और बढ़ गया था क्योंकि शहर में सायंकाल ठीक छः बजे बिजली गुल हो जाती थी। बिजली गुल होने के बहुत-से कारण थे। विद्युत विभाग के अनुसार यह बिजली दूसरे शहर से जहाँ कि उनके वरिष्ठ अधिकारी रहते हैं, से होकर आती थी और वे लोग सायंकाल छः बजे 'फ्रीक्वैंसी' डाउन कर देते हैं जिससे बिजली चली जाती थी। शहर के लोगों का कहना था, "ये तो बिजली वाले हमेशा ही कहते हैं" शहर के विधायक

का कहना था, "अगर हमारी सरकार होती तो देखते बिजली कैसे नहीं आती है।"

शहर के भूतपूर्व विधायक के अनुसार जब से वे विधायक नहीं रहे, बिजली का हाल खराब हो गया था। जिलाधिकारी का कहना था, 'विद्युत विभाग पर हमारा कोई कन्ट्रोल नहीं है।"

कारण जो भी हो, शहर में सायंकाल छः बजे से रात के दस बजे तक बिजली नहीं रहती थी। मेला क्षेत्र में बिजली की इतनी चकाचौंध होना शहरवासियों के लिए एक महान आश्चर्य था जिसको देखने वे हर रोज निकल पड़ते थे।

मेले में भीड़ के बढ़ जाने से माथुर साहब का सिरदर्द भी बढ़ गया था। वह प्रत्येक दिन घण्टे-दो घण्टे मेले में अपने कार्यालय में बैठते थे। अपनी डाक इत्यादि वहीं निपटाते थे। आज भी बैठे हुए डाक देख रहे थे। उनकी नजर एक पत्र पर गयी। पिछले कई दिनों से नाना प्रकार के पत्रों के साथ एक अन्तर्देशीय पत्र आ रहा था। यह पत्र जिलाधिकारी को सम्बोधित था। लिखने वाले के नाम की जगह लिखा था, "के० पी० अन्सारी की माता" जैकबगंज, उत्तर प्रदेश। पत्र पर 'यू० पी० सी०' यानि अण्डर पोस्टल सर्टीफिकेट भी लिखा हुआ था। कुछ इस प्रकार था।

यू० पी० सी०

आवश्यक/तुरन्त

आदरणीय।

रु० 8724-35 पैसे 26 जून से नवम्बर 84 का अवशेष वेतन आर० ए० अन्सारी अध्यापक को यदि मौनी अमावस्या तक न दिया तो बसन्तपंचमी तक उसकी मौत निश्चित है। मेरे एकमात्र पुत्र अन्सारी की मौत की तमामतर जिम्मेदारी सम्बन्धित अधिकारियों की होगी जिन्होंने उसे पिछले तीन वर्षों तेईस दिन अकारण परेशान, वेहद परेशान किया। नियमानुसार सर्वप्रथम अध्यापक अन्सारी का उपरोक्त अवशेष वेतन का भुगतान

होना था क्योंकि श्री शिवकुमार सिंह उपविद्यालय निरीक्षक द्वारा अध्यापक अन्सारी को प्रेषित रजिस्टर्ड 2765/3-1-86 (एक वर्ष अठारह दिन पूर्व) के अनुसार सहायक लेखाधिकारी जिला परिषद द्वारा उपरोक्त धन के बिल पर हस्ताक्षर होने के बाद उपविद्यालय निरीक्षक ने अपना पत्र (83/26-12-85) एक वर्ष पच्चीस दिन पूर्व अन्सारी के भुगतान हेतु बेसिक शिक्षा अधिकारी की सेवा में भेज दिया था जिसका भुगतान अभी तक नहीं हो सका है।

अफसोस। सदहा अफसोस। मेरी आत्मा को इस बात से बेहद कष्ट है कि श्रीकृष्ण तिवारी सहायक अधिकारी प्राइमरी पाठशाला पम्पापुर के अवशेष वेतन का एरियर लगभग पाँच हजार का भुगतान ग्रामीण बैंक, फतेहगढ़ द्वारा 29-12-86 को हो चुका है। सब्र की भी एक हद होती है। आपसे विनम्र निवेदन है कि तुरन्त मेरे पुत्र अन्सारी का उपरोक्त धन का भुगतान करने की कृपा करें।

प्रार्थिनी पी० के० अन्सारी की माता,
जैकबगज

सम्बन्धित प्रकरण में निम्न प्रार्थना-पत्रों का अवलोकन प्रार्थनीय है—

1. प्रधानमन्त्री के निजी सचिव श्री अहमदपाल भारत सरकार रजिस्टर्ड सं० 3192/14-1-85
2. प्रधानमन्त्री के निजी सचिव श्री भास्कर फर्नाण्डीज रजिस्टर्ड सं० 345/5-2-85
3. प्रधानमन्त्री श्री राजीव गांधी भारत सरकार रजिस्टर्ड सं० 2026/31-1-84

वाजिब न्याय प्रार्थनीय है।

पत्र पढ़कर माथुर साहब को भी अफसोस हुआ कि अन्सारी महोदय की समस्या का निदान अभी तक नहीं हो पाया था। माथुर साहब ने सोचा, इस पत्र पर एक बड़ा-सा पत्र बनाकर शिक्षा अधिकारी को भेजेंगे फिर सोचा कि एक साधारण-सा कवरिंग लेटर लगाकर ही भेज देने से काम चल जायेगा। इतना लिखने के लिए कलम उठाते तब तक नजर कागजों के ढेर

पर गयी और उन्होंने फिर वही किया जो नहीं करना चाहते थे। पत्र के कोने पर लिख दिया, 'बी०एस०ए० फार एन० ए०।' मतलब बेसिक शिक्षा अधिकारी को आवश्यक कार्यवाही हेतु।

इसके पश्चात् उन्होंने दूसरे कागज उठाकर देखने शुरू किये। दो-तीन दरखास्तों के साथ महिलाओं की फोटो लगी हुई थी। उत्सुकतावश उन्होंने इस दरखास्त को पढ़ना शुरू किया। लिखा था—

सेवा में श्रीमान् जिला मजिस्ट्रेट महोदय,

प्रार्थना-पत्र वास्ते दाखिल दफ्तर हेतु।

निवेदन है कि मैं श्रीमती फुल्लो, पुत्री निस्सा, निवासी ग्राम नगला दुन्ना का विवाह श्री किशन, पुत्र खेमसिंह के साथ दो वर्ष पूर्व हुआ था और मैंने उसके साथ लगभग पूरे दो वर्ष रहकर उसकी व उसके माता-पिता की तन-मन से सेवा की व पत्नीधर्म का पूरा निर्वाह किया। इस बीच श्री किशन से एक लड़की भी पैदा हुई। इसी बात को लेकर श्री किशन व उसके माता-पिता मुझसे रंजिश मानने लगे जबकि इसमें मेरा कोई दोष नहीं था। मेरी बच्ची वहीं दवा न मिलने के कारण से मरी जिसकी सारी जिम्मेदारी श्री किशन की है। पिछले छः महीने से श्री किशन व उसके माता-पिता मुझसे बुरा व्यवहार करने लगे हैं व सुबह-शाम मुझे मारते-पीटते हैं व मेरा खाना-पानी भी बन्द कर दिया है। चूंकि मैं अपने पूर्व पति श्री किशन से तंग आ चुकी हूँ, मैंने अब उसके साथ न रहने का फैसला कर लिया है। मेरे घर के पड़ोस में रहनेवाला दविन्दर, पुत्र समस एक बहुत ही भला इन्सान है व मेरा बहुत ख्याल रखता है। अतः मैंने स्वयं अपनी इच्छा से बिना किसी दबाव के उसके साथ बतौर पत्नी रहने का निर्णय कर लिया है। अतः श्रीमान्‌जी से प्रार्थना है कि प्रार्थिनी का प्रार्थना-पत्र दाखिल दफ्तर फर्माया जावे ताकि समय पर काम आवे और कोई भी शख्स व पुलिस बेवजह प्राथिनी को परेशान न करे।

आपकी,

—खुल्लो

दरखास्त पढ़कर माथुर साहब असमंजस में पड़ गये और सोचने लगे कि आखिर किस निबम और कानून के तहत यह दी गयी थी। उन्होंने अपने

कोर्ट के पेशकार साहब को बुलवाया। पेशकार साहब बाबू ओमप्रकाश पिछले पन्द्रह सालों से पेशकारी कर रहे थे। वे तजुर्बेकार थे इसलिए उन्होंने नियम-कानून ताक पर रखकर तजुर्बे के आधार पर ही जवाब दिया।

"सर, ऐसा है, ये दरखास्तें आती हैं हमेशा से ही। इन पर कुछ नहीं करना बस दाखिल दफ्तर कर दी जाती हैं। इस पर आप सिर्फ सीन फाइल लिख दें।"

माथुर साहब का मन हुआ कि वे इस बारे में बहस करें या अपने पेशकार का ट्रांसफर कर दें। किसी नियम-कानून जाननेवाले को कोर्ट में रखें लेकिन अभी बहुत कागज 'डाक पैड' में बाकी थे। उन सबको भी एक नजर देखना था, कुछ न कुछ हर कागज पर लिखना था। उन सबके बारे में नियम-कानून जानना शायद किसी के बस का नहीं था इसलिए उन्होंने पेशकार साहब से कुछ नहीं कहा। दरखास्त पर 'सीन फाइल' लिख दिया और दूसरे कागज देखने लगे।

रामसनेही मेले के बाजार में घूम रहा था। बसन्तपंचमी बीते दो दिन हो गये थे। आज भी पूरे दिन बाबाजी के डेरे में धूमधाम रही थी। पूजा-पाठ, मन्त्रोच्चारण, फिर दो घण्टे की सवारी, शाम को गंगा पूजा, रात को फिर भजन-कीर्तन। आज कुछ तफरी करने की इच्छा जागी थी रामसनेही के मन में इसलिए बाजार की ओर चल दिया। यह बाजार कई बार देखा हुआ था लेकिन जब भी इधर आता था, कुछ न कुछ नया ही नजर आता था उसे। आज चहलकदमी के पहले आधे घण्टे के अन्दर ही उसे एक नई दुकान नजर आ गयी। यह दवाइयों की दुकान थी और इस दुकान पर मुख्य रूप से केवल एक दवाई वेची जा रही थी 'दिमागीन'। एक बड़े से बोर्ड पर दवा के विभिन्न गुणों का बखान किया गया था। यह दवा दिमाग का काम करनेवालों के लिए दिमाग की थकान मिटाती थी, दिमाग तेज करती थी।

रामसनेही को कभी ज्यादा पढ़ने-लिखने का मौका नहीं मिला था। वह हमेशा अपने गाँव में ही रहा था। वहीं के परिषद के प्राइमरी स्कूल से कक्षा पाँच पास किया था, वो भी हेड मास्टर की मेहरबानी से। उस स्कूल में ढाई सौ बच्चे पढ़ते थे और मास्टर थे केवल तीन और वे भी खेती-बाड़ी में लगे रहते थे। अगर हेड मास्टरजी की कृपा न होती तो रामसनेही कभी पास न होता। रामसनेही के पिता ने उसके पास होने की खुशी में आधा बोरा चावल दिया था हेड मास्टर साहब को। रामसनेही हिन्दी का अखबार-भर पढ़ लेता था लेकिन आधा घण्टा पढ़ने के बाद उसका सर घूमने लगता था। हो न हो, उसके दिमाग में कोई कमजोरी अवश्य थी। उसने भी एक डिब्बी 'दिमागीन' पाँच रुपये में खरीद ली। डिब्बी लेकर वो अपनी झोपड़ी में लौट आया। कमली ने उसकी जेब में रखी डिब्बी देखी तो पूछा, "क्या ले आये···"

"कछू नाही," रामसनेही ने जवाब दिया।

"कछू तो है ई," कमली ने फिर पूछा।

रामसनेही ने डिब्बी निकालकर कमली को दे दी। कमली बिल्कुल पढ़ी नहीं थी। उसने डिब्बी खोली। डिब्बी के अन्दर पीले रंग का पिघले हुए गुड़ की तरह कोई पदार्थ भरा हुरा था। कमली ने उँगली डाल थोड़ा-सा जीभ पर रख लिया और फिर मुंह बिचकाकर थूक दिया।

"अरे का कर रही है, भगवन, ये तेरे लिये ना है, दिमाग की दवाई है, समझी भला।"

"का करोगे, दिमाग की दवा खाके," कमली की समझ में नहीं आ रहा था कि रामसनेही को बुढ़ापे में दिमाग की क्या जरूरत पड़ गयी। रामसनेही ने उसे समझाने की आवश्यकता भी नहीं समझी। उसने जल्दी-जल्दी पूरी दवाई खा डाली और ऊपर से एक गिलास पानी पी डाला।

दवा खाने के एक घण्टे बाद रामसनेही को पतले दस्त होने लगे। कमली घबरा गयी, पता नहीं दवा में क्या था। पहले दोनों भागकर बाबाजी के पास गये। भैंरों बाबा इस समय अधलेटे हुए आराम फरमा रहे थे। उनके चेलों ने रामसनेही को भैंरों बाबा के पास नहीं जाने दिया। झिड़क दिया, "अरे पेट में दरद है, दस्त हो रहा है तो बाबाजी दवा करेंगे उसमें ! सरकार ने

अस्पताल खोल तो दिया है मेला में, वहीं जा के दिखा।"

लाचार रामसनेही मेले में लगाये गये अस्पताल में पहुँचा। डाक्टर खरे ड्यूटी पर थे। टैण्ट के बने हुए कमरे में मेज-कुर्सी डालकर डाक्टर साहब बैठे थे। मेज के चारों ओर दस-बारह मरीजों ने घेरा हुआ था। रामसनेही भी वहीं बैठ गया।

नम्बर आने पर रामसनेही ने अपनी तकलीफ बतायी, "डाक साहब, पेट में दरद है, दस्त भी होने लगा है।" दवाई खाने की बात वह जान-बूझकर गोल कर गया लेकिन डाक्टर खरे छोड़नेवाले नहीं थे। उन्होंने पूछा, "क्या खाया था।"

"ज ज जी कछु नाहीं"। रामसनेही ने बात बचानी चाही। डाक्टर खरे ने समझ लिया कि वो कुछ छिपा रहा था। "अरे बतायेगा नहीं तो दवाई क्या देंगे" उन्होंने फिर पूछा। "जी वो दिमागीन की डब्बी एक बेर में खा गया····" रामसनेही को आखिर बताना ही पड़ा।

डाक्टर खरे के चेहरे पर गुस्से की एक लकीर उभर आयी, फिर वह हल्की मुस्कराहट में बदल गयी। 'दिमागीन' खानेवाला यह पाँचवाँ मरीज था। लगता था कि 'दिमागीन' नाम की दवा में पेट साफ करने का नुस्खा मिला हुआ था। उन्होंने रामसनेही को दवा दी और साथही मेला मजिस्ट्रेट को इसकी एक रिपोर्ट भी भेज दी।

रामसनेही के जाने के बाद डाक्टर खरे की निगाह कमरे में कोने में बैंठे.आखिरी मरीज पर पहुँची। "अरे तुम आते क्यों नहीं आगे," उन्होंने कहा। "नमस्कार डाक्टर साहब," सब तरह से तन्दुरुस्त दिखायी देनेवाले मरीज ने आगे आते हुए कहा।

"बताओ क्या बात है।" डाक्टर खरे ने पूछा। मरीज थोड़ा आगे और खिसक आया फिर उसने डाक्टर के कान के पास मुँह ले जाकर धीरे से कहा, "जी बात कुछ ऐसी है जो सबके सामने बतायी नहीं जाती। जी मुझे टी० बी० हो गयी है।" "टी० बी० ?" डाक्टर खरे ने आश्चर्यचकित होते हुए पूछा, "तुम्हें टी०बी०किसने बतायी। तुम तो अच्छे-भले दीख रहे हो।" "जी हमारे गाँव में डाक्दर हैं। भौत अच्छे हैं जी। एक्सरे में टी० बी० निकली है" मरीज ने एक एक्सरे की शीट निकालकर डाक्टर खरे के सामने

रख दी। डाक्टर खरे ने देखा, एक चैस्ट एक्सरे था, लेकिन था बिल्कुल धुँधला और उसे देखकर कोई यह निष्कर्ष नहीं निकाल सकता था कि मरीज को ट्यूबरक्लोसिस है।

"कहाँ करवाया ये एक्सरे?" डाक्टर खरे ने पूछा।

"जी वहीं, डाक्टर साहब ने अपनी क्लीनिक में किया जी," मरीज ने कहा।

यह सुनकर डाक्टर खरे के कान खड़े हो गये। मरीज ने कहा था कि यह किसी गाँव से आया था और वहीं डाक्टर की क्लीनिक थी। गाँव में एक्सरे मशीन होना तो असम्भव ही था। उन्होंने इस मामले की पूरी तहकीकात करने का निश्चय किया और तथाकथित डाक्टर का पूरा नाम-पता नोट कर लिया। मरीज को उन्होंने जिला अस्पताल में दुबारा एक्सरे कराने की सलाह दी।

बसन्त पंचमी गुजरे तीन दिन हो चुके थे। मेले में बैलगाड़ियों और ट्रैक्टरों पर लदकर ग्रामीण लोग अब भी आ रहे थे। सुबह गंगास्नान कर जगह-जगह टोलियाँ बैठी हुई थीं। थके-हारे लोग सर्दी का आनन्द ले रहे थे। एक-दो जगह घेरा बनाकर औरतें गीत गा रही थीं।

सोम बतिया पड़वा पड़ी,
राम चले, लक्ष्मण चले, उनके संग में जानकी मात रे···
कैलाशन से शिवजी चले,
उनके संग हैं गौरा मात रे···
कृष्ण चले दास चले,
उनके संग है राधा मात रे···
जय-जय सोम बतिया पड़वा पड़ी।

बीच-बीच में ढोलक की थाप पड़ती, फिर गाना शुरू हो जाता।

शाम चले अर्जुन चलें,
उनके संग में द्रोपदी मात रे।
सोम बतिया परवा पड़ी···

माथुर साहब सादे कपड़ों में बिना ताम-झाम के मेले में चक्कर लगा रहे थे। मकसद था, मेले की व्यवस्था को अन्दर से देखना और मेले का आनन्द लेना। यह तभी सम्भव था जब माथुर साहब को पहचाना न जाये। इसलिए गाड़ी, चपरासी, शैडो, मेले से दूर छोड़कर चुपचाप मेले में चले गये थे। थोड़ी देर तक ढोलक की थाप पर गाये जा रहे इस गीत को सुनने के बाद माथुर साहब एक कल्पवासी के झोपड़े में पहुँच गये। झोपड़ा साफ-सुथरा था, चिकनी मिट्टी से अच्छी तरह पुता हुआ था।

"नमस्कार, क्या मैं अन्दर आ सकता हूँ।" माथुर साहब ने अन्दर बैठे हुए अधेड़ उम्र के आदमी से कहा। उसकी पत्नी साफ-सुथरे बर्तनों में चाय बना रही थी।

"हाँ, हाँ, आ जाओ भाई।" अधेड़ उम्र के आदमी ने कहा।

"भाई, मैं एक दिल्ली के दफ्तर में काम करता हूँ, ऐसे ही मेला घूमने चला आया। सोचा दो-चार लोगों से बात करता चलूं।" माथुर साहब ने चटाई पर बैठते हुए कहा।

"हाँ-हाँ क्यों नहीं, क्यों नहीं, बैठिए।" अधेड़ उम्र के आदमी ने आत्मीयता जताते हुए कहा।

बातचीत होने लगी। कल्पवासी का नाम महेशनाथ द्विवेदी था। यह पास के जनपद का रहनेवाला था और पिछले पन्द्रह दिनों से मेले में ठहरा हुआ था। उसके साथ उसकी पत्नी और उसके लड़के के बच्चे भी ठहरे हुए थे। बीच-बीच में एक-दो दिन के लिए रिश्तेदार भी आते-जाते रहते थे।

"तो आप हर साल आते होंगे यहाँ।" माथूर साहब ने पूछा।

"जी हाँ, हम तो पिछले दस सालों से आ रहे हैं यहाँ।" महेशनाथजी ने बताया।

"इस साल कुछ इन्तजाम में फर्क है?" माथुर साहब ने पूछा।

"हाँ जी फरक तो है। पहले इतनी लाइट-वाइट कहाँ होती थी जी। कुछ सफाई की अच्छी व्यवस्था और हो जाये तो बहुत अच्छा है," महेशनाथजी

ने कहा।

"और मिट्टी का तेल-वेल मिल जाता है।" माथुर साहब ने पूछा।

"हाँ जी मिल जाता है। वो सब कोई दिक्कत नहीं है।" महेशनाथजी ने कहा।

"अच्छा तो मैं अब चलूं," माथुर साहब ने लगभग उठते हुए कहा। उनका मकसद पूरा हो चुका था।

"अजी चाय तैयार हो गयी है, पी के जाओ," महेशनाथ जी ने अनुरोध किया। माथुर साहब अनुरोध टाल नहीं सके। फिर बैठ गये। चाय पीते हुए उनके मन में जिज्ञासा हुई, उन्होंने पूछा—

"महेशनाथ जी, वैसे आप करते क्या हैं?"

"जी, मैं प्राइमरी स्कूल में अध्यापक हूँ, वैसे खेती-बाड़ी भी है।" महेश नाथ जी ने कहा।

माथुर साहब ने जिज्ञासावश पूछा, "तो क्या एक माह के लिए छुट्टी ली है स्कूल से।"

"जी छुट्टी ही समझो। वैसे काम चल जाता है जी स्कूल का। हमने एक मास्टर रखा है डेढ़ सौ रुपये महीने पर। वो ही पढ़ा आता है जी स्कूल में। हमें तो खेतीबाड़ी से फुरसत कम ही मिलती है जी," महेशनाथ जी ने फर्माया।

माथुर साहब की जिज्ञासा और भी बढ़ गयी। जो कुछ सुना, कल्पना के परे था। चेहरे पर आये विस्मय भाव को दबाते हुए उन्होंने एक प्रश्न और पूछा—

"कोई स्कूल इन्स्पेक्टर आ जाये तो कैसा—।" "अजी पहले तो स्कूल इन्स्पेक्टर आता ही नहीं और आ भी जाये तो कौन पहचानता है महेशनाथ को। मास्टर ही कह देता है 'महेशनाथ हूँ' और वैसे पहले से पता चल जाता है इन्स्पेक्टर के आने का। सो हम भी चले जाते हैं स्कूल कभी-कभी। देहात में ऐसा ही चलता है जी।"

माथुर साहब की काफी ज्ञानवृद्धि हो चुकी थी। विस्मय, आश्चर्य के मिले-जुले भावों के साथ उन्हें जबरदस्त हँसी आ रही थी। उन्होंने शीघ्र ही महेशनाथ जी से विदा ली और वापस चल दिये। गाड़ी के पहुँचने तक

बराबर हल्के-हल्के हँसते रहे और गाड़ी में बैठते ही खुलकर हँसने लगे।

प्रवेश शुल्क के ठेके में स्थगन आदेश मिलने की खबर सुमेरसिंह को भी मिल चुकी थी। खोजबीन करके उसने यह भी पता लगा लिया था कि इस ठेके में प्रभूदास का बड़ा हाथ था। उसने सोचा, हो न हो, ठेके में स्थगन आदेश दिलाने में भी प्रभूदास ने भूमिका अवश्य ही निभायी होगी। सबसे पहले उसने सिविल कोर्ट के चक्कर लगाये। पता चला, मुकदमे के दिन प्रभूदास वहाँ आया था, मेला समिति के वकील को लेकर। काउण्टर एफीडेविट दाखिल करने। लेकिन जिस दिन स्थगनादेश दिया गया उस दिन काउण्टर एफीडेविट दाखिल नहीं हो पाया था। ठेकेदार के वकील ने आपत्ति उठायी थी कि जिस व्यक्ति के द्वारा टेण्डर केन्सिल किया गया हो, उसी के हस्ताक्षर काउण्टर एफीडेविट पर होना चाहिए। मेला समिति के वकील ने कोर्ट से एक घण्टे का समय माँगा। उसने प्रभूदास से कहा कि जिलाधिकारी के हस्ताक्षर कराकर एफीडेविट लाये। प्रभूदास कोर्ट से यह कहकर चला गया कि वह प्रशासक के हस्ताक्षर कराने जा रहा है। उसके बाद प्रभूदास शाम के पाँच बजे तक कोर्ट वापस नहीं आया। स्थमनादेश जारी हो गया।

सुमेरसिंह ने अब प्रभूदास की जीप के ड्राइवर से पूछताछ शुरू की। शाम के समय उसको चाय पिलाने एक ढाबे पर ले गया। बातों-बातों में ही सुमेरसिंह को पता लग गया कि प्रभूदास कोर्ट से सीधे मेला में चला गया था और उसके बाद अपने घर। उसने जिलाधिकारी से मिलने की कोई कोशिश नहीं की। शाम को ठेकेदार प्रभूदास के घर आया था और प्रभूदास के दस्तखत स्थगनादेश की रसीद पर करा ले गया।

इतनी बात पता करने के बाद सुमेरसिंह सीधा जिलाधिकारी से मिलने चला गया।

"नमस्कार साहब," उसने झुककर प्रणाम करते हुए कहा।

"आओ, आओ सुमेरसिंह जी," माथुर साहब ने उसे टेण्ट के अन्दर

बुलाते हुए बैठने का इशारा किया।

"धन्यवाद साब," सुमेरसिंह ने कृतज्ञता व्यक्त की।

"कहो, कैसे आये प्रधानजी।" माथुर साहब ने पत्रावली बन्द करते हुए कहा।

"जी कुछ नहीं, बस आपके दर्शन करने चला आया।" सुमेरसिंह जानता था बात कब और कैसे शुरू की जाये।

"और मेला कैसा चल रहा है," माथुर साहब ने आदतन पूछा।

"जी, सब ठीक ही है और आप तो फिर दिन-रात लगे ही रहते हैं। इधर ठेकेदार ने बैरियर फिर लगा लिया है। आपने परसों हटवा दिया था," सुमेरसिंह मुख्य बात पर आ गया।

"हाँ, सुना है स्थगनादेश मिल गया है। भई, हम कुछ करें तो कोर्ट से आदेश मिल जाता है," माथुर साहब ने मजबूरी जतायी।

"साब, अगर समिति की तरफ से विरोध किया जाता तो स्थगनादेश मिलता ही नहीं," सुमेरसिंह ने कहा।

"क्यों, समिति की ओर से विरोध नहीं किया गया क्या?" माथुर साहब ने पूछा।

"साब विरोध कैसा, काउण्टर-एफीडेविट ही नहीं लगा।" सुमेरसिंह ने वार्तालाप को सही दिशा की ओर मोड़ते हुए कहा।

"अच्छा, इसमें परेशानी क्या थी?" माथुर साहब ने कहा।

"साब परेशानी तो कुछ नहीं। काम कोई करना चाहे तब न। सचिव साब को काउण्टर पर आपके दस्तखत कराने चाहिए थे सो नहीं कराये। अब कोर्ट-वोर्ट की बात तो हम ज्यादा जानते नहीं साहब, हाँ इतना जरूर है कि काउण्टर पर सबसे उच्चाधिकारी के दस्तखत होने चाहिए। सचिव साब दस्तखत करा लेते थे। हमें साहब यहाँ कुछ दाल में काला नजर आ आ रहा है। सुना है ठेकेदार की दोस्ती है सचिव जी से। हमारी इतनी प्रार्थना है साब, आप इसकी जाँच अवश्य करा लें।" सुमेरसिंह ने बिना वक्त गँवाये सब कुछ कह डाला।

सचिव और ठेकेदार के बारे में पहले भी कई माध्यमों से शिकायतें माथुर साहब को मिल चुकी थीं। सुमेरसिंह की बात में उन्हें कुछ तथ्य नजर

आया।

"ठीक है, दिखवाते हैं इसे," माथुर साहब ने कहा। सुमेरसिंह समझ गया, तीर निशाने पर लग गया है। उसने पहले से अधिक झुककर प्रणाम किया और माथुर साहब से विदा लेकर प्रसन्नचित्त अपने घर चला गया।

भैरों बाबा के डेरे में इस बार दान-दक्षिणा कम आ रही थी। मेला समिति ने मिट्टी के तेल, चीनी और आटे की दुकानें भी खुलवा दी थीं। इसलिए इन सबसे भी आमदनी नहीं थी। कल्पवासी अब बाजार और खेल-तमाशों में पैसा खर्च कर रहे थे इसलिए दान-दक्षिणा में कंजूसी हो रही थी। भैरों बाबा और उनके चेले-चपाटों का खर्च भी ठीक प्रकार से चल नहीं पा रहा था। आमदनी बढ़ाने का एक ही तरीका था। कल्पवासियों से झोंपड़ियाँ और तम्बुओं का अतिरिक्त किराया वसूला जाये। सभी झोंपड़ीवालों से पचास रुपये और तम्बू वालों से सौ रुपये की माँग की गयी।

कल्पवासियों में असन्तोष होना स्वाभाविक ही था। कुछ लोगों ने पैसा दिया, कुछ ने आनाकानी की। गुरुस्वामी और उसके सहयोगियों ने वसूली शुरू की। एक-दो जगह झगड़ा भी हुआ। रामसनेही के पास पैसे नहीं थे। वो अपनी जमा पूँजी का काफी भाग खर्च कर चुका था फिर भी उसने गुरुस्वामी से कहा कि पचास रुपये घर जाकर बाबाजी के पास भिजवा देना। गुरुस्वामी ने धमकी दी कि यदि तीन दिन के अन्दर किराया नही चुकाया गया तो झोपड़ी खाली करनी होगी।

दुःखी कल्पवासियों ने इन्स्पेक्टर मलिक से इस ज्यादती की शिकायत की। इन्स्पेक्टर ने गुरुस्वामी को बुलाया और पूछताछ की। गुरुस्वामी ने साफ-साफ कह दिया कि यह बाबाजी के डेरे का अन्दरूनी मामला है और इसमें पुलिस को दखल देना उचित नहीं होगा फिर भी यदि इन्स्पेक्टर साब चाहें तो बाबाजी से बात कर लें। इन्स्पेक्टर मलिक ने बाबाजी को खबर भिजवायी कि आकर मिल लें। भैरों बाबा ने अभी तक मेले में थाने की

प्रभुता स्वीकार नहीं की थी। उन्होंने खबर भिजवायी—

"हमारे पास भजन-पूजन से समय नहीं है। बात करनी है तो खुद आ जायें सायंकाल पाँच बजे।"

इन्स्पेक्टर ने भैंरों बाबा के पास जाना उचित नहीं समझा। यह उसकी प्रतिष्ठा के विरुद्ध था। उसने अपने सब-इन्स्पेक्टर को भेजा। सब-इन्स्पेक्टर जन्म से ही अक्खड़ दिमाग का था। उसने सीधे भैंरों बाबा को जाकर धमका दिया।

"देखिये इस तरह की शिकायत फिर आयी तो मुकदमा कायम कर दिया जायेगा।"

यहीं से इन्स्पेक्टर मलिक और भैंरों बाबा के बीच चल रहा शीतयुद्ध और तेज हो गया। उसी दिन शाम को भैंरों बाबा ने अपनी कीर्तन सभा में इन्स्पेक्टर मलिक के खिलाफ एक के बाद एक आरोप लगाने शुरू किये।

"मेरी आत्मा को पीड़ा होती है आज इस मेले की दशा को देखकर। यह मेला धार्मिक और पवित्र मेला है। यह गंगा मैया के पावन तट पर लगनेवाला मेला है। यह मेला आत्मिक शुद्धि का मेला है। यहाँ बाजार खेल-तमाशों का क्या मतलब? यहाँ जो होटल खोले गये हैं उनमें अण्डे और मांस बिक रहा है खुलेआम। जबकि इन चीजों पर प्रतिबन्ध है। यह पुलिस कुछ नहीं करती, बिल्कुल अकर्मण्य है। कोई देखनेवाला नहीं है, कोई सुनने वाला नहीं। आज इस मेले में खुलेआम जुआ हो रहा है। यह जुआ पुलिस करवा रही है। यह इन्स्पेक्टर रोज हजारों रुपये की रकम डकार रहा है। उच्चाधिकारियों के कान पर जूं नहीं रेंग रही है। इतना भ्रष्ट पुलिस इन्स्पेक्टर मैंने आज तक नहीं देखा।

भैंरों बाबा के भी काफी विरोधी पैदा हो गये थे मेले में। उन्होंने इन्स्पेक्टर को सलाह दी कि रात को भैंरों बाबा के डेरे में यदि दबिश दी जाये तो कुछ-न-कुछ अवश्य मिलेगा। दबिश देने की योजना बनायी गयी। चार सिपाही और एक हैड कांस्टेबुल की टोली भेजी गयी। इस टोली ने भैंरों बाबा की कुटिया पर रात के तीन बजे छापा मारा लेकिन टोली के कुटिया तक पहुँचने से पहले ही शायद बाबाजी को खबर मिल गयी। उनकी

कुटिया का दरवाजा खुला और तीन व्यक्ति निकलकर अँधेरे में गायब हो गये। वे पुरुष थे या स्त्री, यह अँधेरे में पता नहीं लग सका लेकिन इस बात की सम्भावना से इन्कार नहीं किया जा सकता था कि वे महिलाएँ थीं। खबर फैली। इस खबर ने शीतयुद्ध को ग्रीष्म युद्ध में बदल दिया। भैंरों बाबा इन्स्पेक्टर के ही नहीं, मेला समिति के भी दुश्मन हो गये।

"बाईस हजार हेक्टेयर जमीन ऊसर है इस जिले में। यह जमीन बंजर है, कुछ नहीं होता इस पर, धूल उड़ती है। अब यह बंजर कैसे हुई, यह लम्बी कहानी है। पेड़ सब काट लिये गये, जल भराव होने लगा, जमीन का नमक ऊपर आ गया और अच्छी-खासी जमीन ऊसर हो गयी। अब इस जमीन को उपजाऊ बनाकर खेती करना एक चुनौती है। यह कोई आसान काम नहीं है, बहुत मेहनत का काम है। कमजोर किसान नहीं कर सकता लेकिन अगर कोई जुट जाये तो ये हो सकता है। तभी उत्पादन बढ़ सकता है।"

दोपहर के ग्यारह बजे किसान-गोष्ठी में माथुर साहब किसानों को अपना मार्ग-दर्शन दे रहे थे। पण्डाल इस समय खचाखच भरा हुआ था। कुछ किसान, कुछ सरकारी कर्मचारी, कुछ तमाशबीन। इसके बाद कृषि अधिकारी ने भारतीय जीवन में कृषि के महत्व पर बोलते हुए उपज बढ़ाने के उपायों के बारे में बताना शुरू किया। खाद कितनी डाली जाये, क्यों डाली जाय, इत्यादि-इत्यादि।

पण्डाल में दरी पर एक कोने में बैठा हुआ रामसनेही भी गोष्ठी में कही जा रही बातें सुन रहा था। ये बात तो सही थी कि ऊसरवाली जमीन अगर ठीक हो जाये तो काम बन जाये। उसकी खुद की कई बीघा जमीन ऊसर हो गयी थी, जब से नहर उसके गाँव से निकली थी। लेकिन नहर तो बन्द हो नहीं सकती थी। वैसे नहर उसके गाँव तक आते-आते सूख जाती थी, बीच में ही लोग पानी काट लेते थे। गूल कभी बना ही नहीं था। अक्सर रामसनेही के खेत में पानी लगाने का नम्बर नहीं आता था। हाँ हर साल

नहर विभाग का पर्चा आबपाशी जरूर आती थी।

खाद की बात सुनकर रामसनेही को याद आया। वो हर साल खाद डालता था लेकिन पानी की कमी की वजह से पैदावार में कोई खास फरक नहीं था।

मंच पर कोई कह रहा था कि अब सरकार हर साल किसानों को अच्छी किस्म के बीज बाँट रही है। अच्छा बीज हो तो अच्छी पैदावार होगी, लेकिन बीज अच्छा हो तब न। रामसनेही को याद पड़ रहा था कि उसके गाँव के सबसे बड़े काश्तकार लालाराम यादव अपना सारा आलू बीज कहकर कृषि विभाग को बेचते थे। वो खुद भी वही किस्म बोता था आलू की। कृषि विभाग वाले लालाराम का आलू उन्नत किस्म कहकर बेचते थे। अब लालाराम का आलू लेकर बोने से पैदावार कैसे बढ़ सकती है, यह उसकी समझ में नहीं आ रहा था।

मंच पर भाषण का रुख अब उन्नत किस्म के बीजों से आगे बढ़कर गाँव-गाँव में बिजली की ओर था—

"अब बिजली के खम्भे, तार हर गाँव में पहुँच गये हैं और हर जगह विद्युत तन्तुओं का जाल फैल गया हैं।" जिला विकास अधिकारी ने मंच से बोलते हुए कहा।

'ये बात तो सही है, रामसनेही ने सोचा।

"अब हर गाँव में बिजली है," जिला विकास अधिकारी ने फिर कहा, ये बात गलत है' रामसनेही ने सोचा। उसके गाँव में दिन भर दो-तीन घण्टे बिजली आती थी। एक-दो को छोड़कर किसी के घर में बिजली नहीं थी। "बारिस पर निर्भर रहने के जमाने लद गये। सरकारी ट्यूबवैल लग चुका है। गाँव-गाँव में···" विकास अधिकारी का भाषण चल रहा था।

'बारिस न हुइये तो फसल सूख जइहै···' रामसनेही सोच रहा था। "सरकारी ट्यूबवैल से सबको पानी मिलता है···" विकास अधिकारी कह रहे थे।

"जिसको परधान दें, पानी उसे ही मिलता है।" रामसनेही के दिमाग में विचार आया।

उत्तम खेती, मध्यम बान,
निकृष्ट चाकरी, भीख निदान।

प्रसिद्ध कहावत के साथ विकास अधिकारी ने अपने वक्तव्य की इतिश्री की। रामसनेही इसका मतलब समझता था लेकिन उसको तो सबसे निकृष्ट खेती ही लगती थी। उसके गाँव के सब पढ़े-लिखे लड़के शहर में नौकरी करने भागते जा रहे थे। खेती सिर्फ जाहिलों का काम माना जाता था। उन्नत बीज, खाद की बात जाहिलों की समझ से बाहर की थी लेकिन जो समझदार थे, खेती के मामले में वो जाहिलों से बदतर थे।

रामसनेही पण्डाल से उठकर बाहर आ गया।

प्रदर्शनी शुरू हुए छः दिन हो चुके थे। मेले की व्यवस्था की समीक्षा के लिए जिलाधिकारी माथुर साहब अपने कैम्प कार्यालय में बैठक ले रहे थे। मेला मजिस्ट्रेट, मेला सचिव, विकास अधिकारी, एस० एस० पी०, परगना-अधिकारी, विधायकजी सभी लोग मौजूद थे। माथुर साहब, एस० एस०पी० और विधायक सोफे पर बैठे थे, बाकी सब लोग आराम कुर्सी पर। सोफे के एक ओर बड़े से ब्लैक बोर्ड पर मेला क्षेत्र का एक बड़ा-सा नक्शा लगा हुआ था। बैठक शुरू होने का समय था चार बजे। साढ़े चार बज चुके थे। माथुर साहब ने बैठक की शुरुआत की।

"तो भई, एस० पी० साहब, मेला चलते हुए पन्द्रह दिन हो गये। प्रदर्शनी शुरू हुए छः दिन पूरे हो चुके हैं। अब यह आवश्यक है कि हम लोगों द्वारा मेले की व्यवस्था का एक बार पूरा जायजा ले लिया जाये। एक-एक कर हर बिन्दु पर चर्चा की जायेगी। सबसे पहले हम शान्ति-व्यवस्था पर विचार कर लें, बताइये सी० ओ० साहब..."

सी० ओ० मेला श्री वर्मा ने मेला में पुलिस प्रबन्ध पर बोलना शुरू किया—

"सर, हमने मेले में इस समय चार इन्स्पेक्टर, दस सब-इन्स्पेक्टर और

सौ पुलिस कान्स्टेबुल, बीस हैड कांस्टेबुल का फोर्स लगा रखा है। इसके अलावा सर, होमगार्ड के दो सौ जवान और प्रादेशिक रक्षा दल के दो सौ जवान भी ड्यूटी पर लगे हैं। यह सब बड़ी मुस्तैदी से ड्यूटी दे रहे हैं," वर्मा साहब ने अपनी रिपोर्ट समाप्त कर दी।

"ट्रैफिक की क्या व्यवस्था है।" माथुर साहब ने पूछा।

"सर, हमने शहर की ओर जानेवाले चौराहे पर ट्रैफिक पुलिस की व्यवस्था की है। जितनी बसें यात्रियों को मेले के लिए लेकर आती हैं वे सब चौराहे पर ही बनाये गये बस स्टैण्ड पर खड़ी कर दी जाती हैं। जो बसें पुल पार से होकर सीधी जा रही हैं उन्हें जाने दिया जाता है। इक्का, टैम्पो, थ्री व्हीलर, ट्रैक्टर को भी वहीं रोक दिया जाता है। रिक्शेवालों को हम आने-जाने देते हैं लेकिन उन्हें भी पुल से पहले ही रोक दिया जाता है। केवल साइकिल सवार, स्कूटर और मोटर कारों को मेले के अन्दर बने स्टैण्ड तक जाने की अनुमति दी जाती है।" सी० ओ० साहब ने कहा।

"अरे इनका इन्तजाम तो बड़ा पक्का है।" विधायकजी ने सी० ओ० साहब को प्रोत्साहित करते हुए कहा। प्रोत्साहन मिलते ही सी०ओ० साहब ने अपनी आख्या की अन्तिम कड़ी को भी प्रस्तुत किया।

"सर, सबसे बड़ी बात तो यह है कि मेले में कोई गम्भीर बारदात नहीं हुई है। अब तक मेले में करीब पाँच लाख व्यक्ति आ चुके हैं लेकिन जेब काटने की, चोरी की और बच्चे खोने की रिपोर्ट बिल्कुल न के बराबर ही है। अब तक कुल पाँच बच्चे खोये और सब-के-सब मिल गये।"

"इसके साथ ही मेले में फायर स्टेशन भी बनाया गया है जिसमें दो गाड़ियाँ हमेशा रहती हैं।"

"चलिए, आपका इन्तजाम अच्छा है। अगर आप चाहें तो हमारी दो मोटर बोटों का भी प्रयोग कर सकते हैं। अब आप बताइये सी० एम० साहब, मेले में खाद्य आपूर्ति की क्या व्यवस्था है।" प्रशासक ने चर्चा का विषय दूसरी ओर मोड़ा।

"एक मिनट साहब, एक बात हम कहेंगे साहब," विधायकजी ने बीच में टोकते हुए कहा।

"अवश्य, अवश्य, पहले आपकी बात सुन ली जाये।"

"एक बात तो यह कि अब तक तो पुलिस की व्यवस्था चौकन्नी रही लेकिन अब मेले में भीड़ बढ़ रही है। जरूर चौकसी की आवश्यकता है। फोर्स और बढ़ा दिया जाये। मुख्य नहान के दिन तो विशेषकर और मजिस्ट्रेटों की नियुक्ति करनी पड़ेगी। दूसरी बात जे कि मेले में मिट्टी के तेल की बड़ी किल्लत है इसकी दुकानें बढ़ायी जायें।" विधायकजी ने कहा।

"भई विधायकजी ने बड़ी अच्छी बातें हमें बतायी हैं। अब बताइये सी० एम० साहब।" माथुर साहब ने सी० एम० साहब, जो कि मेला मजिस्ट्रेट भी थे, की ओर रुख करते हुए कहा। "सर, मेले में हमने मिट्टी के तेल की पाँच दुकानें खुलवायी हैं। इनमें से एक ने दो दिन से तेल नहीं उठाया था। उसके खिलाफ एक्शन लिया जा रहा है। अब हम दो दुकान और खोल देवेंगे। हमने सर आटा और चीनी की भी दुकानें खुलवा दी हैं। इन्हीं दुकानों के पास आयल और जनता धोती भी बिकवाई जा रही हैं।

"ठीक है इसे देख लीजिए। मिट्टी के तेल की कमी नहीं होनी चाहिए। मेला पण्डाल की क्या व्यवस्था है?" माथुर साहब ने पूछा।

"मेला पण्डाल में सब काम सुचारु रूप से चल रहा है। पण्डाल की कैपेसिटी इस समय दस हजार की है। स्टेज थोड़ा छोटा पड़ रहा था उसे ठीक करा लिया गया है। पाँच सौ कुर्सियाँ दर्शकों के लिए पड़ी हैं, शेष जमीन पर बैठने की व्यवस्था है।" सी० एम० साहब ने कहा।

"सर, पण्डाल में मक्खियों से बड़ी परेशानी है। धूल भी बहुत ज्यादा है।" विकास अधिकारी ने अपने कष्टों का वर्णन किया। पण्डाल में सबसे ज्यादा विकास से सम्बन्धित ही कार्यक्रम होते थे।

"अब मक्खियों का क्या इलाज है।" एस० पी० साहब ने जिज्ञासा व्यक्त की।

"अगर स्वास्थ्य विभाग दिन में दो बार दवाई छिड़क दे तो काफी कुछ फर्क पड़ सकता है। रही धूल की बात, टैंकर हमने नगरपालिका से मँगवाया हुआ है लेकिन एक तो बालू में टैंकर चलता नहीं, दूसरे टैंकर में पानी भरने की कोई व्यवस्था नहीं है।" सी० एम० साहब ने कहा।

"अरे गंगा मइया के तट पर पानी की कमी है, जितना चाहो भरो।"

विधायक ने कहा।

"विधायकजी क्षमा करें, पानी तो बहुत है लेकिन मुख्य समस्या उसे टैंकर में भरने की है। हमारे पास कोई पम्प नहीं है जिससे पानी भरा जा सके। फिर टैंकर बिल्कुल गंगा के किनारे तक नहीं जा सकता। बालू है, धँस जाता है। एक बार तो उलट भी चुका है।"

समस्या पर प्रकाश डालते हुए एक सज्जन ने कहा।

"चलिए दूसरे बिन्दु पर···" माथुर साहब ने बात आगे बढ़ाते हुए कहा।

"सर वो पण्डाल में मक्खियों वाली बात···" विकास अधिकारी ने टोका।

"हाँ तो डी० एम० ओ० साहब, क्या करेंगे इस बारे में आप।" कमेटी के सचिव प्रभूदास जो अब तक चुप बैठा था, ने कहा।

"हाँ-हाँ अवश्य···"

"सर हमने कई बार मेले लगवाये हैं। एक बहुत बड़ा मेला पिछले पचास सालों से लगता है बगल वाले जनपद में। इसको फेलाई लैस मेला कहा जाता है। सफाई का सारा इन्तजाम स्वास्थ्य विभाग करता है।

"सर ऐसा है, हमारे पास इस काम के लिए अलग से तो कोई पैसा मिलता नहीं है। मशीनें भी मेरे पास नहीं हैं। मेरे पास तो केवल मच्छर मारने की दवाई है। ये दवाई एन्डोफिलींस के घावों पर एक्ट करती है। लेकिन उसके लिए आवश्यक है कि पानी रुका हुआ न हो, चलता हुआ हो। फिर इस पोटली में भरकर दवाई नाली के किनारे होल्स बनाकर रखते हैं। दवा धीरे-धीरे पानी में छूटती हैं तो लार्वी पर सवार करती तो—" डी० एम० ओ० साहब यानी डिस्ट्रिक्ट मलेरिया आफीसर ने अपने वक्तव्य की बौछार से सभी लोगों को मक्खियों से भी ज्यादा परेशान कर डाला।

"अरे आप ये टेक्निकल डिटेल्स रहने दीजिए। मैं सिर्फ यह चाहता हूं, आप दिन में दो बार पण्डाल में दवा छिड़क दें बस। समझ गये न।" माथुर साहब ने कहा, 'जी सर', कहकर डी० एम० ओ० साहब अपनी जगह वापस बैठ गये।

"कल साहब मैंने पूरे मेले का चक्कर लगाया। कल्पवासियों के झोपड़ों

के पीछे खुले मैदान में सड़ांध आ रही थी। इन लोगों को कितना भी मना करिए, मानते ही नहीं हैं। जो लेट्रीन समिति ने बनायी हैं, उन्हें कोई इस्तेमाल ही नहीं करता···" विकास अधिकारी ने व्यक्तिगत अनुभवों से सबको अवगत कराना शुरू किया।

"कितने जमादार ड्यूटी पर हैं?"

"कुल पचास आदमी लगाये हैं। लेकिन सर, काम नहीं चल रहा है।" मेला मजिस्ट्रेट ने मजबूरी बतलाई। यह तय किया गया कि पचास जमादारों को और ड्यूटी पर लगाया जाये।

"विकास प्रदर्शनी में क्या हाल है।" माथुर साहब ने अब विकास अधिकारी की ओर रुख किया।

"हे, हे, ख-ख," विकास अधिकारी ने गला साफ करते हुए अपनी आख्या देना शुरू की।

"सर, ऐसा है, कुल पचास स्टाल लग चुके हैं। केवल एग्रोवाले नहीं आये अब तक। कई बार कहा उनसे। शायद कलवल आ जायें। यू० पी० एस० आई० डी०सी० ने अपना स्टाल लगा लिया है। रामगंगावालों ने बड़ा अच्छा प्रदर्शन किया है इस बार। वैसे वन विभाग का भी पण्डाल अच्छा है ···लेकिन एक दिक्कत बहुत भारी आ रही है सर! हमारे किसी भी विभाग को स्टाल लगाने के लिए अलग से कोई धनराशि तो मिलती नहीं है। अब स्टाल पर जो खर्चा होगा वो कौन देगा।"

अभी यह एकपक्षीय भाषण चल ही रहा था कि कैम्प के बाहर दरवाजे पर कुछ कोलाहल सुनायी पड़ा। कुछ लोगों ने अन्दर झाँककर भी देखा। पता चला कि भैंरों बाबा अपने सौ चेलों के साथ जिलाधिकारी महोदय से मिलना चाहते हैं।

"अच्छा ठीक है, कहिए दो-चार आदमियों के साथ अन्दर आ जायें," माथुर साहब ने कहा।

अर्दली बाहर गया, दो मिनट बाद फिर अन्दर आ गया, "हुजूर वो कह रहे हैं कि सबके साथ ही मिलेंगे, अकेले नहीं।"

"तो फिर कह दीजिये, मुलाकात नहीं हो सकती," माथुर साहब के चेहरे पर हल्का-सा गुस्सा उभर आया था।

मेला मजिस्ट्रेट और सी० ओ० साहब दोनों उठकर बाहर चले गये। सन्धि-वार्ता के उपरान्त भैंरों बाबा अपने दो चेलों के साथ कैंम्प के अन्दर आने को राजी हो गये।

"नमस्कार···" भैंरों बाबा ने कैम्प के अन्दर आते हुए एक हाथ उठाकर आशीर्वाद देने की मुद्रा में कहा। "आइये, आइये, बैठिये," माथुर साहब ने अपने मुखमण्डल पर प्रसन्नता के भाव लाने की असफल कोशिश करते हुए भैंरों बाबा को कुर्सी पर बैठने का इशारा करते हुए कहा और पूछा, "कहिए क्या हालचाल हैं?"

"कृपा है भोले बाबा की। कुछ कष्ट ज्यादा बढ़ गया इसलिए आये हैं आपके पास। ये मेला हमारे द्वारा ही आरम्भ किया गया है। कई वर्षों से लगाते आ रहे हैं। अब समिति हस्तक्षेप कर रही है लेकिन हमने अपने खेमे में कोई सरकारी सहायता ली नहीं है अभी तक। हैण्ड पम्प भी हमीं ने लगवाये हैं। पेट्रोमेक्स का भी इन्तजाम किया है। ये मेला हमारा है, हम ही लेकर रहेंगे। हमने मुकदमा भी दायर कर रखा है इस बात का। लेकिन एक कष्ट अभी भी है। मिट्टी का तेल नहीं मिल रहा है। कई बार मैं एस० डी० एम० साहब से कह चुका हूँ, अभी तक कुछ नहीं हुआ।

"दूसरी बात है, हमारे खेमों में आनेवालों से साइकिल स्टैण्डवाला पैसा वसूलता है। अब जो आदमी दिन में दो बार आता-जाता है उसे पकड़-पकड़कर ठेकेदार पैसा वसूलता है। यह भी बन्द होना चाहिए।

"तीसरी बात है नौटंकी की। सारा वातावरण दूषित करके रख दिया है इसने। हम लोग सुबह-सुबह पूजा-पाठ ध्यान करते हैं और इधर ये लोग फिल्मी गानों से नाक में दम किये रहते हैं। रात-भर सो नहीं पाते। नींद हराम हो गयी है और···"

"बात आपकी काफी गम्भीर और विचारणीय है बाबाजी। समस्याएँ एक-एक करके लेते हैं। मिट्टी के तेल की दुकानों को तेल अवश्य ही मिलना चाहिए। चलिए हम दो और दुकानों को खोलने के आदेश किये देते हैं। अभी इसी वक्त। भई, एस० डी० एम० साहब, तेल की कमी नहीं होनी चाहिए। तेल उठवाइये, जितना जो माँगता है, दे दिया जाये।

"दूसरी बात है खेमे की साइकिलों की। इन सबका पास बनवा दिया

जायेगा। ठेका न दें तो खर्चा कहाँ से चले। मजबूरी है।

"तीसरी बात है नौटंकी की। तो भई, सुबह चार बजे से दस बजे तक मेला पण्डाल में कोई लाउडस्पीकर न बजाया जाये।

"वैसे बाबाजी, आपको पता होगा, हमारी एक योजना है गंगा प्रदूषण नियन्त्रण योजना के अन्तर्गत गंगा के घाटों को पक्का कराना। इसके बारे में आपके कुछ सुझाव हों तो लिखकर भेज दीजिए।"

माथुर साहब द्वारा किये गये इस शान्ति प्रस्ताव से भैंरों बाबा निरुत्तर हो गये। उनकी आशंकाओं के विपरीत सबकी सब माँगें मान ली गयी थीं। विरोध के लिए उनके पास अब कोई खास मुद्दा बचा ही नहीं था। न चाहते हुए भी उनके मुँह से निकल पड़ा।

"जी साहब, मैं तो आपसे पहले भी इस बारे में मिलना चाहता था। बस समय ही नहीं मिला। अच्छा तो अब चलें, ध्यान-पूजा का समय हो रहा है।" भैंरों बाबा उठकर बाहर चले गये। उनके चेले-चपाटे जय-जयकार के नारे लगाने लगे।

इसके साथ ही माथुर साहब के चलने का समय भी हो गया था। वह उठकर बाहर आ गये। बाहर कुछ भैंरों बाबा के खेमेवाले कल्पवासी भी आये हुए थे। इनमें से अधिकतर को उनकी इच्छा के विरुद्ध भीड़ इकट्ठी करने के लिए लाया गया था। माथुर साहब ने एक-दो से पूछा, "कोई तकलीफ तो नहीं।"

"कोई जबर्दस्ती वसूली तो नहीं हो रही खेमों में?" यह आशंका थी कि इनमें से कुछ लोग भैंरों बाबा के विरुद्ध कह सकते थे। स्थिति को भाँपते हुए भैंरों बाबा के कुछ खास चेले आ गये। उन्होंने भीड़ के आगे माथुर साहब के चारों ओर घेरा बना लिया। इसके बाद भैंरों बाबा ने हुंकारा लगाते हुए अपने कमण्डल से पानी निकालकर माथुर साहब के ऊपर छिड़का और अपने चेलों को मन्त्रोच्चारण शुरु करने के लिए कहा। चेलों ने ऊँची आवाज में मन्त्रों का जाप करना शुरू कर दिया।

ओम शन्नो मित्रः शं वरुणः
शन्नो भव वर्ष्यमा,

शन्न इन्द्रः ब्रहस्पतिः शन्नो विष्णुस क्रम

नमों ब्रह्मणे नमस्तेवायां त्वमेव प्रत्यक्ष ब्रह्मास्मि

मन्त्रोच्चारण का यह स्वर ऊँचा होता चला गया और तब तक चलता रहा जब तक माथुर साहब अपनी अम्वेसडर कार में बैठकर रवाना नहीं हो गये।

डाक्टर खरे के पास आये टी० बी० के मरीज का नाम परमेश्वर प्रसाद था और वह तहसील सदर के धर्मपुर गाँव का रहनेवाला था। अस्पताल में कराये गये एक्सरे में कोई बीमारी के लक्षण नहीं आये थे। डाक्टर खरे का शक पक्का हो गया कि धरमपुर गाँव में कोई आदमी डाक्टर बनकर लोगों को ठग रहा था। इसकी तहकीकात करने के लिए वे दूसरे दिन ही धरमपुर में पहुँच गये खुद मरीज बनकर। गाँव जाने के लिए उन्होंने चिकित्सा अधिकारी की जीप माँग ली थी। जीप को गाँव के बाहर ही रोक दिया। आबादी के बाहर कुछ बच्चे गाय-भैंस चराने ले जा रहे थे। डाक्टर खरे ने एक बच्चे को आवाज देकर पूछा—

"अरे ओ भइया, ये डॉक्टर साहब की दूकान कहाँ पर है।"

"कौन से डागटर," बच्चे ने पूछा।

"वो जो एक्सरे करते हैं।" डाक्टर खरे ने कहा।

"अच्छा बोई, बिजरी की मशीन जो रखे हैं। अजी वो उस तरफ से जाइयो।" बच्चे ने इशारा कर रास्ता बताया। गाँव की कीचड़ भरी गलियों और पगडण्डियों को पार करते हुए डाक्टर खरे एक पक्के मकान के सामने पहुँचे। इस मकान के बड़े दरवाजे से सटा हुआ एक कमरा था, इस कमरे के ऊपर बड़ा-सा बोर्ड लगा था जिस पर लिखा हुआ था—

"डाक्टर भारद्वाज, एम० बी० एल० एस० टी० एम०।

यहाँ सब तरह की बीमारियों की दवा मिलती है। एक्सरे की सुविधा भी उपलब्ध है।"

बोर्ड काफी प्रभावशाली था और इसी प्रभाव के कारण इस कमरे के आगे दस-पन्द्रह बीमार से दिखनेवाले ग्रामीणों की कतार चबूतरे की जमीन पर बैठी हुई थी। कमरे के दरवाजे पर कमीज-पेण्ट पहने पन्द्रह-सोलह वर्ष का एक लड़का बैठा हुआ था जो मरीजों को पर्चे बाँट रहा था और नम्बर आने पर उन्हें अन्दर भेज रहा था। बीच-बीच में वो उनको डाक्टर साहब की योग्यता का भी वर्णन कर रहा था—डाक्टर साहब ने कब किस मरीज का बिना आपरेशन हाइड्रोसील का इलाज कर दिया। दूसरे मरीज का मोतियाबिन्द दो दिन में साफ कर दिया इत्यादि-इत्यादि।

डाक्टर खरे चुपचाप मरीजों की लाइन में सबसे पीछे बैठ गये। इस समय वे धोती-कुर्ता पहनकर आये थे। लड़के ने उन्हें फौरन नम्बर का पर्चा थमा दिया और कहा—

"ला, एक रुपया निकाल भइया।"

पर्चे पर सोलह नम्बर लिखा हुआ था। डाक्टर खरे ने पूछा, "एक रुपया काहे का।"

"अरे, ये रजिस्ट्रेशन का है, समझे। पर्चा दिया है कि नहीं, लाओ।" लड़के ने हाथ फैला दिया।

डाक्टर खरे ने अधिक बहस न करना ही उचित समझा और लड़के को एक रुपया थमा दिया। डाक्टर खरे का नम्बर लगभग एक घण्टे बाद आया। इस बीच में क्लीनिक के अन्दर मरीजों का आना-जाना देखते रहे।

ज्यादातर मरीज अन्दर से खुश होकर बाहर आते थे। बाहरी कोठरी के बराबर एक और कमरा था जिसकी खिड़की से दवा खरीदते थे लेकिन खरीदने के बाद पैसे देते वक्त उनके चेहरे से खुशी गायब हो जाती थी। कारण किसी भी मरीज को दस-पन्द्रह रुपये से कम की दवा नहीं मिल रही थी।

डाक्टर खरे का नम्बर आया। वे कमरे के अन्दर घुसे। बाहर से जीर्ण-शीर्ण दिखाई देने वाला कमरा अन्दर से साफ-सुथरा था। हल्की रोशनी में उन्होंने देखा। इस पन्द्रह फीट लम्बे और बीस फीट चौड़े कमरे की दीवारों पर जहाँ-तहाँ तरह-तरह के चार्ट टँगे हुए थे। एक चार्ट पर

शरीर के विभिन्न अंगों के नाम लिखे हुए थे। दूसरे चार्ट में टी० बी०मरीज के लक्षणों का वर्णन था। तीसरे चार्ट में मलेरिया रोकने के उपायों का जिक्र किया गया था। चौथे चार्ट में हैजे के बारे में लिखा हुआ था और तीन-चार आदमियों को उल्टी करते हुए दिखाया गया था। सभी चार्ट अंग्रेजी में थे।

इन सबके अलावा कमरे में एक मुख्य आकर्षण था एक दस फिट ऊँचा शीशे का केस जिसमें एक नर-कंकाल खोपड़ी के बीचोबीच लगे हुक के सहारे लटक रहा था। नर-कंकाल की आँखों के गड्ढों के अन्दर दो छोटे-छोटे बिजली के बल्ब लगाये गये थे जो कि इस समय जल रहे थे। कमरे के अंदर आने वाले व्यक्ति को लगता था कि यह नरकंकाल उसी की ओर देख रहा है।

नर-कंकाल के केस के बगल में एक और दरवाजा था जिस पर काले रंग का पर्दा पड़ा हुआ था। इस दरवाजे से लगी हुई तख्ती पर लाल रंग से लिखा हुआ था—

"एक्सरे मशीन 400 वोल्ट," डाक्टर खरे कमरे की इस साज-सज्जा को देखने में व्यस्त थे कि कमरे के एक कोने से आवाज आई, "हाँ भई, बता क्या मरज है।" इस आवाज से चौंककर डाक्टर खरे ने कमरे में बातें करने वाले की ओर नजर घुमाई। कोने में एक बड़ी मेज के पीछे सफेद कमीज पहने, टाई लगाये, गले में स्टेथस्कोप लटकाये, आँखों पर धूप का चश्मा लगाये डाक्टर भारद्वाज बैठे हुए थे। उम्र कोई चालीस वर्ष के आस-पास होगी। मेज पर छोटा टेबुल लैम्प जल रहा था।

"डाक साहब, नमस्कार!" डाक्टर खरे ने हाथ जोड़कर कहा और मेज के दूसरी ओर पड़ी कुर्सी पर बैठ गये।

"हाँ, भई, क्या बात है बता!" डाक्टर भारद्वाज ने नमस्कार का जवाब बिना दिये कहा।

"अजी, खाँसी आती है, पिछले छः महीने से। ठीक नहीं हो रही डाक साहब।"

"इधर आ लेट!" डाक्टर भारद्वाज ने एक बेंच की ओर इशारा करते हुए कहा। डाक्टर खरे बेंच पर लेट गये। आला उनकी छाती पर लगाकर डाक्टर भारद्वाज ने कहा, "साँस रोक ले," फिर बोले, "एक्सरे करना पड़ेगा।

तीस रुपये लगेंगे।"

"ठीक है जी," डाक्टर खरे इसी क्षण का इन्तजार कर रहे थे।

"अरे ओ किशोरी, जरा एक्सरे तो लगा रे।" डाक्टर भारद्वाज ने दरवाजे पर बैठे लड़के को आवाज दी। लड़के ने अन्दर जाकर दो-तीन लाल-पीले रंग के बल्ब जला दिये फिर डाक्टर खरे को अन्दर बुलाकर एक मेज पर लिटा दिया। इस कमरे में एक्सरे मशीन से मिलती-जुलती कोई चीज नहीं थी। मेज के पास रखे एक लोहे के स्टेण्ड पर दो-तीन टार्चें लटक रही थीं। मेज के किनारे रखे स्टूल पर एक बोल्टेज मीटर रखा हुआ था। डाक्टर खरे को मेज पर लिटाकर लड़के ने बोल्ट मीटर का एक तार डाक्टर खरे की कलाई में बाँध दिया और उनके सीने पर एक फाइल टाइप की कोई चीज रख दी। फिर बोला, "आँखें बन्द कर, साँस रोक ले।"

डाक्टर खरे ने इस आदेश का पालन किया। केवल एक आँख के कोने से देखते रहे। लड़के ने टार्च जलायी और बोल्ट मीटर का दूसरा तार एक बैटरी को छुआ दिया। हल्का-सा एक झटका कलाई पर लगा। लड़के ने कहा, "चल हो गया एक्सरे।"

लड़का इतना कहकर बाहर चला गया। शायद कोई और मरीज आ गया था। डाक्टर खरे तुरन्त मेज से उतरे और उन्होंने कमरे की खोज-बीन शुरू कर दी। उन्हें ज्यादा कष्ट नहीं करना पड़ा और कमरे के एक कोने में ढेर सारे एक्सरे की पुरानी फिल्में पड़ी हुई थीं जिनमें से एक निकालकर उस फाइल में रख दी गयी थी जिसे डाक्टर खरे की छाती पर रखा गया था। अब डाक्टर खरे को सारा खेल समझ में आ गया। वे फौरन एक्सरे रूम से बाहर आकर डाक्टर भारद्वाज के सामने आ गये। लड़के ने लाकर उन्हें फाइल पकड़ा दी। फाइल में से एक्सरे फिल्म निकालकर डाक्टर भारद्वाज उसे उलट-पुलट कर देखने लगे।

"हाँ, ठीक दिखायी पड़ रहा है। तुम्हें टी०बी० है भई।" डाक्टर भारद्वाज ने अपनी 'मेडीकल ओपिनियन' से डाक्टर खरे को अवगत कराया। डाक्टर खरे को हँसी दबानी मुश्किल हो रही थी। उन्होंने हँसी पर काबू रखते हुए कहा, "डाक साहब, आप बहुत बड़े हैं। इत्ती जल्दी तो एक्सरा शहर में भी नहीं होता है डाक साहब। आपने डाक्टरी तो दिल्ली से की होगी।"

"दिल्ली से नहीं लन्दन से किया है। तो मैं दवाई लिखे देता हूँ, कम्पाउण्डर से ले लेना।"

दवाई का पर्चा लेकर डाक्टर खरे बाहर कम्पाउण्डर के पास गये। पर्चे पर बुखार और खाँसी की कुछ दवाइयाँ लिखी हुई थीं। पन्द्रह रुपये में यह दवाइयाँ खरीदकर डाक्टर खरे फौरन मुख्य चिकित्सा-अधिकारी के यहाँ चले गये।

तीन दिन बाद डाक्टर भारद्वाज को गिरफ्तार कर लिया गया। अपने बहलफी बयान के मुताबिक डाक्टर भारद्वाज जिला अस्पताल का डिस्मिस्ड कम्पाउण्डर था। उसका अपना असली नाम ओमप्रकाश था।

उसने नौकरी से निकाले जाने के बाद दूरदराज के इस गाँव में अपनी मेडिकल प्रैक्टिस शुरू कर दी थी। वह जानता था कि गाँववालों को एक्सरे कराने का बड़ा शौक होता है। सस्ती या मुफ्त दवा पर उनका विश्वास नहीं होता। जब तक दस-पन्द्रह रुपये खर्च न करें, दवा का कोई फायदा नहीं होता इसलिए ओमप्रकाश शहर से सस्ती से सस्ती दवाएँ खरीदकर गाँवों में अच्छे दामों पर बेचता था।

एक्सरे की मशीन लगाना उसके बूते के बाहर की बात थी लेकिन एक्सरे करने का उसने आसान तरीका निकाल लिया था। जिला अस्पताल में अब भी उसके कई दोस्त थे। वो वहाँ से एक्सरे की पुरानी फिल्में और रिपोर्ट ले आता था और उनका प्रयोग अपने एक्सरे के रूप में करता था।

अपने हलफनामे में ओमप्रकाश ने यह भी कहा था कि वो उतनी ही ईमानदारी से काम करता था जितना कि शहर के डाक्टर। शहर के डाक्टर भी जरूरत न होने पर मरीजों के सैंकड़ों एक्सरे कराते थे और मरीजों को कई चक्कर उनकी दुकान के लगाने पड़ते थे जब कि वह एक्सरे की रिपोर्ट हाथ की हाथ देता था। जुकाम, खाँसी, बुखार के लिए तीस-चालीस रुपये की दवाइयाँ लिख देना डाक्टरों के लिए मामूली बात थी। ओमप्रकाश दस-बीस रुपये तक ही सीमित रहता था। बड़े-बड़े डाक्टर साहब मर्ज का पता लगाये बिना इलाज करते थे। ओमप्रकाश मर्ज को पहचान भले ही न पाये, भाँप अवश्य लेता था। चूंकि वो जिला अस्पताल में कई वर्ष काम कर चुका था। अंग्रेजी पढ़ लेता था इसलिए छोटी-मोटी बीमारियों के लिए सही दवाई

देने के काबिल था। इस सबके बावजूद ओमप्रकाश के खिलाफ धोखाधड़ी का मुकदमा कायम किया गया।

दोपहर के दो बज रहे थे। सर्दी की धूप में गरमाहट थी। नदी-किनारे बसे एक गाँव की हरिजन बस्ती के 6-7 घरों का एक झुरमुट। आदमी खेतों में काम करने गये हुए हैं और औरतें खलिहानों में काम कर रही हैं। घरों के आस-पास कुछ बच्चे खेल-कूद रहे हैं। अचानक दूर गाँव के एक कोने से बारह बोर की बन्दूक छूटने की आवाजें आती हैं तड़-तड़-तड़। इन्हीं आवाजों के साथ दो-तीन गाँव वाले खून से लथपथ होकर जमीन पर लोट जाते हैं। रोती-बिलखती महिलाओं की आवाजें 'हाय-दइया, हाय कोई बचा ले—।'

"भागो-भागो रे—डाकू आ गये—"

"छोड़ दे, अरे छोड़ दे, दया कर दे भइया—"

इन वेसहारा आवाजों को रौंदती और गरजती हुई आवाज 'खबरदार अपनी जगह से कोई हिला तो एक-एक को गोलियों से भून दिया जायेगा।' और काले कपड़े पहने, कमर में कारतूसों की पेटी, हाथ में बन्दूकें थामे, लंबे तड़ंगे, मूँछें उमेठते हुए पाँच डाकू गाँव के बीचोबीच आकर खड़े हो जाते हैं। सारे घरों की तलाशी ले, गहने और कपड़े गट्ठरों में बाँधकर खेतों में आग लगाते हुए डाकू लोग गाँव को तबाह कर चले जाते हैं। चारों ओर रोना-धोना मच जाता है।

"तो भाइयो आपने देखा। डाकू किस तरह आतंक फैलाते हुए गाँव में आते हैं और चारों ओर विनाश की लीला फैला देते हैं। इनके पास हथियार होते हैं और आप लोग निहत्थे हैं तो क्या इसका मतलब है हम लोग कुछ नहीं कर सकते हैं। ऐसा नहीं है। इस गम्भीर समस्या का हल है ग्राम सुरक्षा समिति—"

मेले का सातवाँ दिन था। पण्डाल के साथ लगे खुले मैदान में पुलिस विभाग द्वारा ग्राम सुरक्षा समिति का प्रदर्शन आयोजित किया गया था।

अतिरिक्त पुलिस अधीक्षक माइक हाथ में थामे रनिंग कमेन्ट्री दे रहे थे। सौ गज लम्बे, सौ गज चौड़े बालू के मैदान में फूस-छप्पर की बेतरतीब झोपड़ियाँ बनाकर गाँव का माहौल पैदा किया गया था। थानों से आये हुए सिपाही और नये रंगरूट, ग्रामवासी बने हुए थे और इन्हीं में से कुछ पुरुष धोती-लहँगा पहनकर स्त्रियों की भूमिका अदा कर रहे थे। कुछ कल्पवासियों के बच्चे 'फोटू' खिचवाने के लालच में गाँव से आकर उछल-कूद रहे थे।

गाँव में डाकुओं के आक्रमण के पश्चात् अब दूसरा भाग शुरू हुआ। ग्रामीण भाइयों को इकट्ठा कर थानेदार महोदय ने ग्राम सुरक्षा समिति का गठन किया जिसमें गाँव के पन्द्रह हट्टे-कट्टे नौजवानों को तैनात किया गया। इनमें से तीन नवयुवकों के पास बन्दूक का लाइसेंस, कलेक्टर साहब बहादुर से मंजूर कराया गया और उन्हें जिला राइफल क्लब के सौजन्य से बन्दूक चलाने का प्रशिक्षण दिया गया। हर रात्रि को बारी-बारी से चौकीदारी करने के लिए ड्यूटी लगायी गयी।

और एक दिन फिर सुनसान अँधेरी रात में गाँव के उत्तर दिशा की तरफ से खूँखार डाकुओं ने हमला बोला। धाँय-धाँय-धाँय। बन्दूकें चलने की आवाजें आयीं। कोई बारह बजे का समय था। चूँकि गाँव में ग्राम सुरक्षा समिति बन चुकी थी। गाँव के हट्टे-कट्टे नवयुवक चौकीदारी कर रहे थे। उन्होंने गोलियों की आवाज सुनी। फौरन एक नवयुवक साइकिल उठाकर थाने की ओर दौड़ गया। दूसरे नवयुवकों ने सीटी बजाकर सब ग्रामवासियों को चौकन्ना कर दिया। वे अब सतर्क हो गये। उन्होंने अपने-अपने घरों के दरवाजे बन्द कर नाकेबन्दी कर ली। जिन लोगों के पास लाइसेंसी बन्दूकें थीं उन्होंने अपने घरों की छतों पर बालू से भरे बोरों के पीछे मोर्चे बना लिये और धड़ाधड़ एक-दो हवाई फायर कर दिये।

थाने में थानेदार रात के बारह बजे भी वर्दी पहने हुए अपनी ड्यूटी मुस्तैदी से दे रहा था। जैसे ही खबर मिली, जीप पर सवार होकर पुलिस पार्टी गाँव की ओर रवाना हो गयी। पुलिस वायरलेस से आस-पास के थानों को भी वारदात की सूचना कर मदद माँग ली गयी। खबर मिलने के आधे घण्टे के अन्दर कच्ची सड़क, टूटी पुलिया, खाई-खन्दक पार कर दस किलोमीटर की दूरी तय करते हुए पुलिस दल गाँव के बाहर आ पहुँचा।

गाँव के चारों ओर घेरा डाल दिया गया। जीप पर लगे लाउडस्पीकरों पर भी थानेदार साहब ने डाकू दल को हथियार फेंक देने के लिए तीन बार चेतावनी दी।

डाकू अब दो पाटों के बीच में गेहूँ की तरह पिस रहे थे। अन्दर से गाँव वाले उन पर फायर कर रहे थे और बाहर की ओर से पुलिस वालों ने उन्हें घेर लिया था। उनके पास हथियार डाल देने के सिवा और कोई चारा नहीं था। गाँववालों व पुलिस की बन्दूकों से हुए फायरों से दो डाकू अब तक मारे जा चुके थे। डाकुओं ने हथियार डाल दिये। तेरह में से ग्यारह डाकू पकड़ लिये गये और दो मुठभेड़ में मारे गये। मारे गये डाकुओं में से एक के सिर पर पाँच हजार का इनाम था। यह डाकू थानेदार की बन्दूक के फायर से मरा था।

"तो भाइयो, आपने देखा, ग्राम सुरक्षा समिति के कारण कितनी बड़ी विनाश लीला से हमारा ग्राम बच गया। यदि इसी प्रकार की ग्राम सुरक्षा समितियाँ—।" अतिरिक्त पुलिस अधीक्षक अब रनिंग कमेण्ट्री की आखिरी किश्त माइक पर जारी कर रहे थे। धीरे-धीरे तमाशबीनों की भीड़ छँट रही थी। डाकू, थानेदार, सिपाही और ग्रामवासी मिल-जुलकर सामान समेट रहे थे।

ग्राम सुरक्षा समिति का प्रदर्शन समाप्त होते ही जिलाधिकारी के पास दुकानदारों का प्रतिनिधिमण्डल मिलने गया। दुकानदारों ने शिकायत की कि उससे प्रतिदिन पचास रुपये शुल्क लिया जा रहा था जबकि दुकान और बिजली का किराया वे दुकान बुक कराते समय ही दे चुके थे। दो सौ रुपया एडवान्स लिया गया था लेकिन उसकी रसीद जारी नहीं की गयी थी और मेला सचिव अब इस धनराशि की वसूली पर भी जोर दे रहे थे। जिलाधिकारी ने प्रभूदास को बुलवाया। प्रभूदास पूरे आधे घण्टे के बाद कैम्प में आया।

"भई ये लोग क्या कह रहे हैं।" माथुर साहब ने प्रभूदास से पूछा।

प्रभूदास ने तुरन्त ही उत्तर नहीं दिया। उसने कुछ घूरकर दुकानदारों को देखा फिर उनकी ओर देखकर बोला, "क्या बात है, अब क्या आफत आ गयी।"

"जी कुछ नहीं। हम सब लोग यह बताने आये हैं कि दुकानों का किराया पहले ही दिया जा चुका है, अब ये पचास रुपये के हिसाब से वसूली क्यों हो रही है।"

"काहे की वसूली। कौन कर रहा है वसूली। किराया तो देना ही पड़ेगा।"

"हमने एडवान्स दिया था दो सौ रुपये का।"

"अगर दिया था तो रसीदें कहाँ हैं।"

"जी रसीदें तो मिली ही नहीं आज तक। हम तो लगातार आपसे माँग रहे हैं।"

"कोई एडवान्स-वेडवान्स नहीं दिया आप लोगों ने, बेकार की बकवास···"

"अरे भई ये क्या मामला है। बताइये क्या एडवान्स लिया गया था?" माथुर साहब ने इस वाक्युद्ध को विराम देते हुए प्रभूदास से पूछा।

"सर, कोई बात-आत नहीं है, ये लोग बेकार में शोर मचा रहे हैं। जाइए आप लोग, समय बरबाद नहीं कीजिए। जाइए।" प्रभूदास ने दुकानदारों को डाँट पिलाते हुए कहा।

"अरे भई इन लोगों को आप क्यों डाँट रहे हैं।" माथुर साहब को बुरा लग रहा था कि उसकी उपस्थिति में प्रतिनिधि मण्डल को डाँट पिलाई जा रही थी।

"अरे जाने दीजिए।"

"मेले का इन्तजाम तो हमें देखना है। आप···"

"मिस्टर प्रभूदास, ये क्या तरीका है बात करने का। आप मेरी इज्जत का कुछ तो ख्याल रखिए···" माथुर साहब का चेहरा गुस्से में तमतमा रहा था। प्रभूदास ने भी अपना गुस्सा दिखाने में कोई कसर नहीं उठा रखी थी। उसने अपनी जेब से एक सफेद कागज निकाला और उसे माथुर साहब के

सामने रखी मेज पर पटक दिया।

"तो ठीक है। यह रहा मेरा इस्तीफा !" और प्रभूदास तमक कर उठकर कैम्प से बाहर चला गया। कुछ देर के लिए कैम्प में सन्नाटा छा गया। सब लोग सकते में आ गए। धीरे-धीरे कैम्प खाली हो गया। केवल माथुर साहब अपने सहयोगियों के साथ बैठे रहे। थोड़ी देर में खबर आई कि प्रभूदास को दिल का दौरा पड़ गया है। माथुर साहब ने अपने सहयोगियों से कहा कि वे प्रभूदास को देखकर आयें और हास्पिटल पहुँचा दें लेकिन प्रभूदास को हास्पिटल पहुँचाने की नौबत नहीं आई। उसका दिल का दौरा खत्म हो गया और वह अपने घर उठकर चला गया।

प्रभूदास अब समझ गया था कि मेले में वह मनमानी नहीं कर पाएगा, जितनी कमाई करने का लक्ष्य उसने रखा था उसकी पूर्ति होना सम्भव नहीं था फिर उसने मेला कमेटी से इस्तीफा भी दे दिया था। अब दुबारा वापस जाना उचित नहीं था लेकिन कमेटी से उसके इस्तीफा देने के बाद भी अगर मेला ठीक प्रकार से चलता रहा तो लोगों का यह भ्रम टूट जाने का खतरा था कि मेला उसकी मेहनत के बल पर चल रहा था। उसके सामने अब दो उद्देश्य थे, मेले में गड़बड़ी हो और माथुर साहब को हटाया जाये। इस कार्य में कुछ और लोगों का सहयोग मिलने की पूरी आशा थी। प्रभूदास ने उसी रात अपने घर एक गुप्त बैठक बुलाई। बैठक में भैंरों बाबा को भी बुलाया गया। भैंरों बाबा भी माथुर साहब को अपना सबसे बड़ा दुश्मन मानते थे। उनका अस्तित्व, उनकी आय, उनका दबदबा सब धूल में मिलकर रह गया था इस समिति की वजह से। बदले की आग उनके दिल में धीरे-धीरे सुलग रही थी। प्रभूदास की राह पाकर अब यह आग धधकने लगी।

आगामी नहान के दिन लगभग सात-आठ लाख लोग गंगा तट पर आने वाले थे। प्रभूदास को पता था कि लगातार दो दिनों तक चलने वाले इस नहान के दौरान गंगा के पुल पर लोगों की भीड़ खचाखच भरी रहती थी। कड़ी से कड़ी पुलिस व्यवस्था चरमरा जाती थी। चरमराती व्यवस्था थोड़ा-सा धक्का देने पर टूट सकती थी। किसी भी दुर्घटना के लिए जिला प्रशासन को ही जिम्मेदार ठहराया जाता है इसलिए माथुर साहब को अच्छा सबक मिल जाने की उम्मीद थी।

प्रभूदास और भैरों बाबा ने मुख्य नहान के दिन के लिए कुचक्र रचना शुरू कर दिया। इसके साथ ही मेले में हो रहे सांस्कृतिक कार्यक्रमों में भी गड़बड़ी पैदा करने की योजना बनायी गयी।

पण्डाल में आठवें दिन का रात्रिकालीन प्रोग्राम था 'कवि सम्मेलन'। उत्तर प्रदेश के इस हिस्से में हिन्दी भाषा की अगुआई करने वालों की तादाद काफी ज्यादा थी। इसी वजह से स्थानीय कवियों की संख्या भी बहुत अधिक थी और कवि सम्मेलन यहाँ की मुख्य सांस्कृतिक गतिविधि थी। गर्मियाँ खत्म होते ही कवि सम्मेलनों का मौसम शुरू हो जाता था और वर्ष-भर से सुप्तावस्था में पड़ी साहित्यिक संस्थाएँ सक्रिय हो उठती थीं। हर गली-कूचे में गोष्ठियों, परिचर्चाओं, बैठकों, काव्य-पाठ इत्यादि-इत्यादि का आयोजन होता था। भारत माँ के सुपुत्रों की रगों में देशभक्ति, भाषाभक्ति का पिघला हुआ लावा बहने लगता था। ओजपूर्ण गर्मीले भाषणनुमा कविताओं की बौछार होती थी। देश के दुश्मनों को ललकार-ललकार कर चुनौतियाँ दी जाती थीं। और मर-मिटने की कसमें खाई जाती थीं। आजादी की लड़ाई में मर-मिटने वालों के नाम आँसू बहाये जाते थे। इसके बाद जनता के दुख-दर्दों की विस्तार से चर्चा होती थी। देश के कोने-कोने में फैले भ्रष्टाचार पर चिन्ता व्यक्त की जाती थी और इन आयोजनों में सरकारी अफसरों की तादाद को दृष्टिगत रखते हुए सरकार की आलोचना की जाती थी। कहीं-कहीं कविता की आड़ में गाली-गलौज भी की जाती थी। किन्हीं आयोजनों में महिलाओं को आदरपूर्ण स्थान देने की घोषणाओं के बावजूद दुहरे अर्थ रखने वाले छन्द सुनाकर श्रोताओं को गुदगुदाने का प्रयास किया जाता था।

मेले के वृहत स्वरूप को देखते हुए समिति ने 'अच्छे स्तर' का कवि सम्मेलन आयोजित करने का प्रयास किया था। नामी-गरामी कवियों को आमंत्रित किया गया था। स्टेज पर सफेद चादर बिछाकर गाव तकियों की

सजावट की गई थी। स्टेज के ऊपर बड़े बल्ब लगाकर कविगणों की छवि उभारने का प्रयास किया गया था। पण्डाल के पृष्ठ भाग में कुर्सियाँ व पीछे के भाग में दरियाँ डाली गयी थीं। श्रोतागणों, कवियों को एक-दूसरे से कोई असुविधा होने की आशंका नहीं थी बल्कि इन दोनों को पण्डाल में मौजूद अनगिनतन, अनामंत्रित मक्खियों से परेशानी अवश्य हो सकती थी। इसलिए पण्डाल में गैमक्सीन का छिड़काव किया गया। लिहाजा मक्खियाँ पण्डाल से उड़कर कल्पवासियों की झोपड़ियों में घुस गयी थीं।

कवि सम्मेलन के शुरू होने का समय सायंकाल आठ बजे था। कवि-गणों ने नौ बजे भोजन निपटाया और साढ़े-नौ बजे मंच पर अपना आसन ग्रहण किया। सभी कविगणों को माला पहनाकर स्वागत किया गया और दस बजे अखिल भारतीय कवि सम्मेलन शुरू हो गया। कवि सम्मेलन की शुरूआत के साथ ही पण्डाल के पचास गज दूर प्रभूदास की योजना का सहयोगी गुरुस्वामी होमगार्ड के कम्पनी कमाण्डर से वार्तालाप कर रहा था।

"कितने होमगार्ड लगे हुए हैं तुम्हारे मेले में।"

"सौ लोग।"

"कितने दिन हो गए ड्यूटी करते हुए।"

"पन्द्रह दिन।"

"नौटंकी देखी कि नहीं।"

"नहीं, ड्यूटी पर हैं।"

"अरे, ड्यूटी तो चलती ही रहती है। मनोरंजन भी होना ही चाहिए, फिर तुम्हारे होमगार्ड सरकारी कर्मचारी तो हैं नहीं। पन्द्रह रुपये रोज पर काम करते हैं। उकता गये हैं बेचारे ड्यूटी करते-करते।"

"हाँ बात तो सही है लेकिन तीन रुपये का टिकट है नौटंकी में।"

"अरे टिकट की तुम्हें क्या चिन्ता। होमगार्ड ड्यूटी पर हैं तो चेकिंग के लिए कहीं भी जा सकते हैं। चलो आज दिखा दो सबको। कल से तो भीड़-भाड़ हो जाएगी।"

गुरुस्वामी कम्पनी कमाण्डर को बहला-फुसलाकर मेला क्षेत्र के करीब लगी हुई देशी शराब की दुकान पर ले गया। कम्पनी कमाण्डर ने दस-पन्द्रह

होमगार्डों को जो उसके खास आदमी थे, उनको भी बुलवा लिया। मुफ्त की शराब गले से नीचे उतारकर इन लोगों ने सभी होमगार्डों को इकट्ठा किया और वेनीबाई की मशहूर नौटंकी की ओर कूच कर गए। इधर पण्डाल के बाहर की ओर लगा माइक बोलने लगा।

"तो हमने भी जिन्दगी जी है कसाले की
कभी परवाह नहीं की अपने साले की।
इसका हुआ जो असर
वो है आपकी नज़र।
कि पहले मेरी बीबी हर महीने मायके जाती थी,
शान्ति के उन क्षणों में मेरी जिन्दगी सुधर जाती थी।
लेकिन अब वह मुझसे रूठ गई है
और पिछले छः महीने से मायके नहीं गई है।"

कवि सम्मेलन की शुरूआत हास्य रस से की गई थी और प्रथम कवि कमलेश कुमार कमलेश अपना कविता-पाठ कर समाँ बाँधने की कोशिश कर रहे थे। इससे पहले कि कवि महोदय बाँध कर पूरा समाँ अपने कब्जे में कर लें, संचालक महोदय ने एक स्थानीय कवि को आमन्त्रित कर लिया। स्थानीय कवि सतीश बेदरदी ने अपनी वही कविता सुना डाली जो वह पिछले दस वर्षों से जनपद के हर कवि सम्मेलन में सुनाते आ रहे थे। श्रोताओं में बैठे उनके वफादारों ने हमेशा की भाँति तालियाँ पीटीं।

कवि सम्मेलन अपने प्रथम चरण के प्रथम दौर से गुजर रहा था और इसके साथ ही सौ होमगार्ड कम्पनी कमाण्डर के नेतृत्व में वेनीबाई की नौटंकी के द्वार पर पहुँच चुके थे। नौटंकी के दरवाजे पर खड़े चौकीदार ने कम्पनी कमाण्डर की चमकती हुई खाकी वर्दी देखकर सलाम ठोंका और बोला, "सलाम साहब, आइये, नौटंकी देखियेगा।" "हाँ नौटंकी देखेंगे..." कहते हुए कम्पनी कमाण्डर तम्बू के अन्दर चला गया। कम्पनी कमाण्डर के पीछे-पीछे अन्य होमगार्ड भी तम्बू के अन्दर जाने लगे। चौकीदार ने उन्हें रोकने की कोशिश की तो एक होमगार्ड ने उसे झापड़ मार दिया। उसके झापड़ मारने के साथ ही उसके साथियों ने भी लात-घूंसे चलाकर अपने जौहर दिखाने शुरू कर दिये। चौकीदार की चीख-पुकार सुनकर नौटंकी

के अन्य कर्मचारी भी बाहर निकल आये, हंगामा शुरू हो गया।

पण्डाल में स्थानीय कवियों के पाठ के पश्चात् मध्य प्रदेश से आये वीर रस के कवि मुकुल दीक्षित को आमन्त्रित किया गया था। भारी भरकम देह वाले मुकुल जी तमतमाते हुए चेहरे से देश में फैले भ्रष्टाचार का बखान करते हुए भ्रष्टाचारियों को समूल नष्ट करने के लिए नवयुवकों का आवाहन कर रहे थे और हाथ में पकड़े माइक को झटक-झटक कर चकनाचूर करने की भरपूर कोशिश कर रहे थे।

"मरोड़ दो आततताइयों की गर्दनें,
कुचल के रख दो भ्रष्टाचारी ताकतें।
तोड़ दो……"

मुकुल जी की इस वीर रस की कविता पाठ से प्रभावित होकर दर्शक तालियाँ पीट रहे थे और कूद-कूद कर कुर्सियाँ तोड़ने की कोशिश में मशगूल थे।

पण्डाल में वीर रस का वातावरण बन जाने के साथ-साथ इस समय नौटंकी के द्वार पर वीररस का प्रदर्शन हो रहा था। होमगार्डों ने अब नौटंकी के तीन-चार अन्य कर्मचारियों की पिटाई भी शुरू कर दी थी। इन कर्मचारियों को अधमरा करके लोग हो-हो···की आवाजें निकालते हुए व विजय का डंका पीटते हुए नौटंकी के तम्बू के अन्दर घुस गए। तम्बू के अन्दर इन लोगों ने सबसे पहले प्रथम श्रेणी की कुर्सियों पर कब्जा कर लिया। जो दर्शक यहाँ बैठे हुए थे उन्हें उठा दिया। इसके बाद दूसरी श्रेणी के दर्शकों को उठाकर होमगार्ड के जवान वहाँ जम गए। टिकट खरीदकर नौटंकी देखने आये दर्शक खाकी वर्दियों से भयभीत होकर तीसरे दर्जे में जमीन पर जाकर बैठ गये। भयभीत होने पर भी वे नौटंकी देखने का मोह नहीं छोड़ पाये। दरवाजे पर हंगामा होते देखकर कलाकार स्टेज के पीछे चले गए थे। अब कम्पनी कमाण्डर ने हुकुम सुनाया, "नौटंकी शुरू करो।"

"शुरू करो, शुरू करो···" उसके पीछे होमगार्ड भी कोरस में चिल्लाये। कलाकार एक-एक कर स्टेज पर आने लगे।

कवि सम्मेलन में वीर रस समाप्त होकर वातावरण शृंगार रस की ओर बदल रहा था। संचालक की भाषा में राजधानी से पधारे हिन्दी भाषा

के प्रमुख हस्ताक्षर 'श्री निश्चल' काव्य-पाठ कर रहे थे।

जूड़े में फूल टाँक दूँ ओ प्रिया,
कह दो तो हर शृंगार को साँस-साँस में उतार दूँ ओ प्रिया।
कह दो तो सुर सितार का···

शृंगार रस के इन उद्‌गारों को सुनकर पुरुष दर्शकों ने अपने अगल-बगल झाँकना शुरू किया। सजी-धजी सौन्दर्यमयी युवतियों के नाम पर उन्हें अग्रिम पंक्तियों में इक्का-दुक्का अधेड़ महिलाएँ और पिछली पंक्तियों में जनता धोती पहने हुई कल्पवास करने आयी वृद्धाएँ ही नजर आयीं। उन्हें अचानक नींद के झोंके सताने लगे।

शृंगार रस की शुरुआत बेनीबाई की नौटंकी में भी हो चुकी थी। इस समय स्टेज पर उसकी चार महिला कलाकार वक्षस्थल का खुला प्रदर्शन करनेवाली ब्लाउजें और कटि प्रदेश को उजागर करती हुई साड़ियाँ बाँधे लोकगीत गा रही थीं।

"आया सावन ओ बेरहमी, अब तो आ जा···" "अरे भई आते हैं, लाजवन्ती काहे घबराती है," नशे में चूर कम्पनी कमाण्डर ने जवाब दिया तो सारे होमगार्डों ने ही ही ही की आवाजों के साथ जोरदार तालियाँ बजाकर उसका हौसला बढ़ाया।

पण्डाल में शृंगार रस के असर को देखते हुए संचालक महोदय ने हास्य रस का सहारा लेकर प्रदेश की राजधानी से पधारे जाने-माने व्यंग के कवि नरेश औघड़ को पेश किया। औघड़जी ने माइक पर खड़े होते हुए ही एक शराबी का अभिनय करते हुए कविता पढ़नी शुरू की। औघड़जी की हरकतों से दर्शकों के एक बेजान हिस्से में कुछ हरकत हुई। लेकिन कवि सम्मेलन की अध्यक्षता कर रहे सौम्य भाव के कवि विमलेशजी का मन उखड़ गया। उन्होंने भृकुटि तानकर संचालक महोदय की ओर देखा लेकिन तीर कमान से निकल चुका था। औघड़जी ने पूरे 10 मिनट तक अपनी बेहूदी हरकतों से श्रोताओं का मनोरंजन करने का प्रयास किया। इधर कम्पनी कमाण्डर भी बेहूदगी पर उतर आया था। उसे अपनी कुर्सी पर बैठे-बैठे छींटाकसी करने से सन्तोष नहीं था। वह बार-बार उठकर स्टेज की ओर जाता और पाँच-दस रुपये के नोट फेंककर वापस आ जाता लेकिन हर

बार नोट फेंकने के साथ उसकी उच्छृंखलता बढ़ती जा रही थी। नौटंकी के मालिकों ने तुरन्त अपना एक आदमी इन्स्पेक्टर मलिक के पास दौड़ाया।

कवि सम्मेलन में अब माइक कवि विमलेश के हाथ में था। उन्होंने काव्य-पाठ शुरू करने से पहले छोटा सा वक्तव्य दिया :

"आज के कवि सम्मेलन में बड़ी-बड़ी हस्तियाँ हैं लेकिन एक-आध मक्खी भी आ गयी है।" इशारा औघड़जी की ओर था लेकिन औघड़जी पर इसका कोई असर नहीं हुआ। वे आराम से पान चबाते रहे।

अब तो मजहब कोई ऐसा चलाया जाए।
जिसमें इन्सान को इन्सान बनाया जाए।।

कमलेश जी के काव्य-पाठ ने श्रोताओं को सचेत कर दिया। वे ध्यान देकर सुनने लगे।

नौटंकी में कम्पनी कमाण्डर की हरकतों को देखकर महिला कलाकारों को स्टेज के भीतर बुला लिया गया। उनकी जगह पुरुष कलाकार आये और उन्होंने देशभक्ति के गाने शुरू कर दिये। होमगार्ड ने हल्ला मचाया, "छोकरियाँ बुलाओ, ये सड़ियल गाना बन्द करो।"

हिम्मत कर उद्घोषक ने माइक पर कहा, "कृपया शोर न मचायें, धीरज रखें।"

बस उसका इतना कहना था कि कम्पनी कमाण्डर आपे से बाहर हो गया। दौड़कर स्टेज पर जा चढ़ा और उद्घोषक को गले से पकड़ लिया, "क्या कहा, हम शोर मचा रहे हैं। अरे तेरी ऐसी-तैसी।"

कम्पनी कमाण्डर को देखकर दस-पन्द्रह होमगार्ड भी स्टेज पर चढ़ गये और उन्होंने तोड़-फोड़ शुरू कर दी। माइक उठाकर एक ओर पटक दिया, पर्दे खींचकर फाड़ दिये। कुछ लोगों ने कुर्सियाँ उठाकर जमीन पर दे मारीं। होमगार्ड को छोड़कर अन्य श्रोतागण तम्बू से निकल भाग गये। उनमें से कुछ ने मेला थाने पर खबर दी। इन्स्पेक्टर मलिक फौरन चार सिपाहियों को लेकर नौटंकी में पहुँचा। तब तक कम्पनी कमाण्डर अपना ताण्डव नृत्य दिखाकर सुस्ता रहा था। सब होमगार्डों को बाहर निकाला गया। कम्पनी कमाण्डर खुद अपने पैरों पर चलने की हालत में नहीं था।

उसको इन्स्पेक्टर मलिक कन्धे पर लादकर होमगार्ड कैम्प में छोड़कर आया।

कवि सम्मेलन सुबह पाँच बजे तक चला। सभी दृष्टियों से यह अपने आपमें एक अत्यन्त ही सफल सम्मेलन था लेकिन दूसरे दिन अखबारों की सुर्खियों पर इसका नामोनिशान नहीं था। प्रथम पृष्ठ पर 'नौटंकी में नशे में धुत होमगार्ड का ताण्डव नृत्य' शीर्षक के अन्तर्गत बड़ी-बड़ी खबरें छपी थीं। इन खबरों में इस बात पर दुख प्रकट किया गया था कि मेला प्रशासक की ठीक नाक के नीचे यह सब हुआ था। भैंरों बाबा ने वक्तव्य दिया था कि उन्होंने शुरू से ही मेला क्षेत्र में नाच-गाने का विरोध किया था लेकिन उनकी बात पर किसी भी वरिष्ठ अधिकारी ने कोई ध्यान नहीं दिया था और अब इन नौटंकियों से वातावरण दूषित हो रहा था। प्रभूदास का प्रथम वार सफल रहा।

माथुर साहब दुःखी मन से हिन्दी अखबारों की सुर्खियाँ टटोल रहे थे कि अर्दली ने आकर सूचना दी, "हुजूर, कप्तान साहब बात करना चाहते हैं।" माथुर साहब चौकन्ना हो गये। पुलिस कप्तान का टेलीफोन आने के केवल दो मतलब हो सकते थे या तो वह उनके घर आकर गपशप लड़ाना चाहते थे या फिर जनपद में कहीं कोई गम्भीर अपराध हुआ था। चूंकि इस समय सुबह के दस बज रहे थे इसलिए दूसरी सम्भावना अधिक थी।

"नमस्कार!" कप्तान साहब ने कहा।

"कहिए जनाब क्या हाल हैं," माथुर साहब ने डरते-डरते पूछा।

वह अब भी आशावान था कि कोई दुर्घटना न हो।

"अभी वो कठिया थाने से खबर आयी है, एक मर्डर का केस हो गया है। वहाँ हो लिया जाय।" माथुर साहब की आशा की अन्तिम किरण भी डूब गयी।

उन्होंने बुझे मन से कहा, "ठीक है, हो लेते हैं।"

घटनास्थल जौनगढ़ शहर से साठ किलोमीटर दूर था। थाना कठिया से दस किलोमीटर धूल कीचड़ भरे रास्ते के छोर पर बसा हुआ ग्राम घुरती। कुल सौ झोपड़ों और आधे कच्चे-पक्के मकानों का एक झुरमुट। सरकारी विकास कार्यक्रमों की कोई भी शिरकत यहाँ अभी तक नहीं हो पायी थी। आस-पास कई किलोमीटर के क्षेत्र में बिजली की कोई लाइन नहीं थी। गाँव के अन्दर कोई भी ईंट या डामर की सड़क नहीं थी। पीने के पानी के लिए मात्र दो कुएँ, एक हरिजन बस्ती में, दूसरा सवर्ण बस्ती में। प्राइमरी स्कूल गाँव से पाँच किलोमीटर दूर था और सरकारी अस्पताल तीस किलोमीटर। ज्यादातर लोगों के पास छोटे खेत थे और कुछ दुधारू जानवर। इन्हीं के सहारे जिन्दगी चल रही थी। इन्हीं के लिए इलाके के लोग अक्सर एक-दूसरे की जिन्दगी ले लिया करते थे।

गाँव में ठाकुरों के दो परिवार थे। एक परिवार का मुखिया था शिवहरे और दूसरे का परमात्मा। दोनों सौतेले भाई थे। शिवहरे की उम्र साठ वर्ष की थी और उसके तीन लड़के थे, शादीशुदा और उसी के साथ रहते थे। परमात्मा की उम्र चालीस वर्ष के आस-पास थी। दो लड़के थे, एक बीस वर्ष का, एक पन्द्रह वर्ष का। तीसरी लड़की थी दस वर्ष की। शिवहरे अपने पिता ठाकुर प्रसाद सिंह की पहली बीवी का पुत्र था और परमात्मा दूसरी बीवी का। ठाकुर प्रसाद सिंह की मृत्यु दो वर्ष पूर्व हुई थी। उसकी पचास बीघा जमीन शिवहरे और परमात्मा में आधी-आधी बँट गयी। शिवहरे की माँ मर चुकी थी। परमात्मा की माँ उसके साथ ही रहती थी और लगभग एक वर्ष पूर्व उसकी भी मृत्यु हो गयी थी।

शिवहरे ने अपने पिता की दूसरी शादी के समय विरोध किया था लेकिन ठाकुर प्रसाद सिंह ने शादी की फिर दूसरी पत्नी के बच्चे भी हुए। तब तक शिवहरे की शादी हो चुकी थी। उसके ससुराल वालों ने उसे समझाया था कि जिस जायदाद का वह अकेला वारिस था, अब वह कई टुकड़ों में बँटने लगी थी। तब से उसका और पिता का विरोध बढ़ता चला गया और इस विरोध की जड़ परमात्मा उसका सबसे बड़ा दुश्मन बन गया।

ठाकुर प्रसाद की मृत्यु के बाद शिवहरे और परमात्मा में मुकदमेबाजी हुई। शिवहरे ने तहसीलदार की कोर्ट में बयान दिया कि उसके पिता ने

कोई दूसरी शादी हिन्दू रीति रिवाज से नहीं की थी बल्कि वैसे ही परमात्मा की माँ रामबेटी उसके पिता के साथ बैठ गयी थी और उसने इसका विरोध भी किया था। इसलिए परमात्मा उसके पिता की वैध सन्तान नहीं था इसलिए परमात्मा को उसके पिता की जमीन में से कोई हिस्सा मिलने का प्रश्न ही नहीं उठता था। इसके प्रति उत्तर में परमात्मा ने कोर्ट में उस पण्डित को प्रस्तुत कर दिया जिसने ठाकुर प्रसाद की दूसरी शादी करवायी थी। उसकी ओर से गाँव के भूतपूर्व प्रधान और सरपंच ने भी गवाही दी। परमात्मा मुकदमा जीत गया लेकिन शिवहरे ने हार स्वीकार नहीं की। उसके दिल में बदले की आग धधकने लगी। जायदाद पाने का एक ही तरीका था—परमात्मा और उसके परिवार का पूरा सफाया।

गंगा नहान की इस इलाके में बड़ी मान्यता थी। माघ मेले के शुरू होते ही गाँव के लोग कल्पवास के लिए गंगा घाट जाने लगते थे। और मुख्य नहान के नजदीक आने के साथ-साथ लगभग पूरा गाँव खाली हो जाता था। घटना के दिन गाँव में केवल तीन-चार परिवार ही बचे थे। एक-दो दिन में परमात्मा भी गंगा घाट जाने की सोच रहा था। हर वर्ष की तरह शिवहरे अभी तक गंगा घाट नहीं गया था इस पर उसे आश्चर्य अवश्य हुआ था। उसे पता नहीं था कि शिवहरे और उसका पूरा परिवार उसे समूल नष्ट करने की तैयारी में लगा था।

उस दिन शाम के पाँच बजे से ही शिवहरे का परिवार घर के अन्दर दूसरे दिन गंगा घाट जाने की तैयारी में लग गया। घर की दो औरतों ने खल्लड़ में हल्दी कूटनी शुरू की। इसकी आवाज की आड़ में शिवहरे के लड़कों ने कुल्हाड़ियों की धार तेज करनी शुरू की। इसके बाद पूरी योजना बनाने के लिए बैठक हुई और रात के नौ बजे तक सब लोग कुछ नींद लेने के लिए लेट गये।

रात दो बजे गाँव के कुत्तों ने भी भूँकना बन्द कर दिया था। परमात्मा और उसकी बीवी मकान के अन्दरवाले कोठरे में चारपाइयों पर सो रहे थे। कोठरे के बाहर दालान में उसकी लड़की सो रही थी। आँगन में उसके दोनों लड़के बड़े से लकड़ी के तख्त पर अगल-बगल नींद में बेसुध थे। शिवहरे और उसके तीनों लड़के नंगे पाँव, दीवार से कूदकर परमात्मा के

मकान के आँगन में कूदे। चारों लोग मुँह पर कपड़ा बाँधे हुए थे जिससे कि उनका चेहरा ढँक गया था, केवल आँखें दिखाई दे रही थीं। योजना के अनुसार शिवहरे और बड़ा लड़का कोठरे के अन्दर घुस गये और मँझले व छोटे लड़के ने आँगन में मोर्चा सँभाला। इनके हाथों में इस वक्त तेज धार वाली कुल्हाड़ियाँ चमक रही थीं। चारों लोग अपने-अपने शिकारों के ऊपरी हिस्से की ओर गर्दन के निकले हिस्से पर निशाना तानकर खड़े हुए थे। अब तक सब कुछ निश्छन्द्र चल रहा था। बड़े लड़के ने मुँह से कपड़ा हटाकर हल्की सीटी की आवाज निकाली। इस आवाज के साथ ही चारों कुल्हाड़ियाँ हवा में उठीं और खून के फौवारे छुड़ाते हुए अपने शिकारों की गर्दनों में धँसती चली गयीं।

अब बारी थी परमात्मा की लड़की की। शिवहरे का बड़ा लड़का कूद-कर उसकी चारपाई के पास आकर खड़ा हो गया। कोठरे से बाहर आते समय दरवाजे से टकरा गया और बेजान कुण्डी खड़क गयी। लड़की की आँख खुल गयी। मुँह पर कपड़ा बाँधे आदमी को देखकर उसके मुँह से चीख निकली लेकिन इससे पहले कि वो बैठकर भागने की कोशिश करती, मझले लड़के ने इसके पैर दबोच लिये और बड़े लड़के ने उसकी गर्दन पर वार कर दिया। लेकिन इस बीच शिवहरे मुँह से कपड़ा हटाकर पसीना पोंछते हुए कोठरे से बाहर आ गया। लड़की की मरती हुई आँख ने उसकी शक्ल को कैद कर लिया। अपने ही 'दाऊ' का यह रूप देखकर लड़की के प्राण दास्तान बयान करने के लिए कहीं अटक कर रह गये।

काम पूरा कर ये लोग घर वापस आ गये। औरतों ने चूल्हे में आग तैयार की हुई थी। खून से सने कपड़े उतार कर जला दिये गये फिर कुल्हाड़ियों की मूठ को तोड़कर चूल्हे में झोंक दिया और लोहे की फूस के ढेर में छिपाकर सारा का सारा परिवार अपने पाप धोने गंगा घाट की ओर चल दिया।

जमीन के चन्द टुकड़ों के लिए किये गये इस नरसंहार को देखकर माथुर साहब स्तब्ध रह गये। उन्हें विश्वास नहीं हो रहा था कि गंगा ऐसे पापों को भी धो सकती है। कप्तान साहब भी चुप थे। अपराधियों को तो पकड़ लिया लेकिन क्या उन्हें दण्ड भी दिला पायेंगे, इसकी कोई गारण्टी नहीं थी।

कोई चश्मदीद गवाह नहीं था। एकमात्र गवाह परमात्मा की मासूम लड़की टूटती आवाज में अपनी दास्तान सुनकर चिरनिन्द्रा में सोकर अपने कष्ट से छुटकारा पा चुकी थी।

लौटते समय माथुर साहब के मन में एक ही प्रश्न कौंध रहा था। क्या गंगा में पाप धोने की शक्ति है या लोगों ने अपने दुष्कर्म छिपाने के लिए गंगा नहान के आडम्बर का चक्रव्यूह बना लिया है ?

नहान का दिन नजदीक आने के साथ ही मेले में बाबाओं और साधुओं की संख्या बढ़ गयी थी। आसपास के जिलों में गंगा तट पर लगे हुए मेले के बारे में बराबर चर्चा हो रही थी। अखबारों में कुछ न कुछ छपता ही रहता था फिर जो लोग मेला देखकर जाते थे वे भी इसकी महिमा बखान करते थे। चूँकि इस वर्ष मेले में दर्शनार्थियों की संख्या अधिक थी, ऐसे-ऐसे साधू-सन्त भी यहाँ आ रहे थे जो पहले कभी नहीं आते थे।

श्रद्धालुओं के लिए इस वर्ष 'मचान' बाबा एक विशेष आकर्षण का केन्द्र बने हुए थे। मचान बाबा जैसा कि उनके नाम से ही पता चलता था, चार खम्बों पर बनाये हुए जमीन से दस फुट ऊँचे मचान पर ही हमेशा रहते थे। बालू में चार मोटी बल्लियाँ गाड़कर बाँस और फूस से इस मचान को बनाया गया था। हर रोज इस मचान को बाबा के चेले गेंदे के फूलों से सजाते थे। शाम के समय बासे फूल उतारकर गंगा की धार में बहा दिये जाते थे। बाबा जी जब से मेला में आये थे, मचान से नीचे नहीं उतरे थे। उनका खाना-पीना, मलमूत्र सब मचान पर ही होता था। दिन-रात उनकी सुख-सुविधा का ख्याल रखने में उनके चेले लगे रहते थे।

बाबाजी के चेलों के कथनानुसार उन्होंने जमीन पर पैर रखना दस वर्ष पूर्व छोड़ दिया था। कलयुग में अधर्मी लोगों के पापों से जमीन पूरी तरह दूषित हो चुकी थी। कहीं भी पैर रखने से पाप लगने का खतरा था जिसको बाबाजी उठाना नहीं चाहते थे।

मचान बाबाजी के दर्शन करने के लिए दूर-दूर से स्त्री-पुरुष आ रहे थे। दर्शन का समय सुबह सात बजे से नौ बजे तक और सायंकाल चार बजे से पाँच बजे तक था। घण्टों पहले दर्शनार्थी मचान के नीचे आकर खड़े हो जाते थे। बाबाजी ठीक समय पर मचानपर बनी झोंपड़ी से मुंह निकालते

और अनायास मुस्करा देते। बाबाजी को देखकर दर्शनार्थी सिर झुका देते, जमीन पर लेटकर प्रणाम करते। बाबाजी के चेले जयजयकार करते। कभी-कभी बाबाजी मचान से फूल-पत्ती नीचे की ओर फेंक देते थे। इनको लेने के लिए भीड़ झपट पड़ती थी। कहा जाता था कि इस प्रसाद में बहुत गुण-कारी शक्तियाँ थीं जिनसे पुराने रोग ठीक हो सकते थे। फूल-पत्तियों के अलावा कुछ भक्तगण मचान के फूस से टपकता पानी भी हाथ में लेकर सिर-माथे पर लगाते थे।

बाबाजी दान-दक्षिणा को हाथ नहीं लगाते थे। केवल कुछ फल-फूल चख लेते थे। शेष उनके चेले सम्हालते थे। रामसनेही भी बाबाजी के दर्शन करने आया था। कमली के ज़िद करने पर एक टोकरी भर अमरूद भी चढ़ा आया था लेकिन इस बात का पता लगने पर गुरुसेवक ने बहुत डाँट पिलायी थी। भैंरों बाबा के डेरे में रहनेवाले कल्पवासी को कहीं और चढ़ावा देने की इजाजत नहीं थी।

मचान बाबा के साथ-साथ इस बार मेले में मध्य प्रदेश से आये 'चमत्कारी बाबाजी' का भी बड़ा शोर था। इनका डेरा मेला शुरू होने के एक सप्ताह के बाद आया था लेकिन बहुत ही जल्दी लोग इनके बारे में जान गये। छः फीट लम्बे, गहरे काले रंग की सौ किलो की देह, चार फीट लम्बी दाढ़ी और सुनहरी रंग की घनी जटाओंवाले चमत्कारी बाबा रात-दिन खड़े रहते थे। बाबाजी का डेरा पीपल के छायादार पेड़ के नीचे लगा था। पेड़ की डाल से लटका कर एक झूला बनाया गया था। इस झूले का सहारा लेकर बाबाजी खड़े रहते थे और उसी मुद्रा में उनका खाना-पीना और नित्यकर्म होता था। नित्यकर्म के समय पेड़ के चारों ओर सफेद धोतियों की कनात तान दी जाती थी।

चमत्कारी बाबाजी आखिर अपने शरीर को इतना कष्ट क्यों दे रहे थे? पत्रकारों द्वारा किये गये इस प्रश्न के उत्तर में बाबाजी के प्रमुख चेले ने बताया कि लगातार तीन वर्ष तीन माह तीन दिन तीन घण्टे खड़े रहकर बाबाजी को बहुत बड़ी सिद्धि मिलनेवाली थी। इस सिद्धि के मिल जाने के बाद चमत्कारी बाबाजी (पवन प्रवाह) के माध्यम से जहाँ चाहेंगे, मनोवेग से पहुँच पायेंगे। बाबाजी ने अभी तक पानी पर चलने की योग्यता साधना

करके प्राप्त कर ली। चूंकि इस समय वे दूसरी साधना करने में लगे हुए थे इसलिए इस चमत्कार का प्रदर्शन सम्भव नहीं था लेकिन चमत्कारी बाबा छोटे-मोटे कई चमत्कार दिखा चुके थे। एक महिला ने उन्हें गुलाब के फूल भेंट किये तो उन्होंने हवा में हाथ घुमाकर उसे चाँदी की अंगूठी दे दी। खोये हुए बच्चे का पता उन्होंने बताया और उसके दो घण्टे बाद ही बच्चा बाबाजी के एक शिष्य के डेरे से दस कदम की दूरी पर मिल गया। दमे के मरीज को हवन की राख दी, उसकी खाँसी में तुरन्त सुधार हुआ। इन छोटे-छोटे चमत्कारों से चमत्कारी बाबा थोड़े ही समय में मेले में छा गये।

कमली को बचपन से ही गहनों का शौक था। उसकी माँ अच्छे घर से आयी थी। जब से कमली ने होश सँभाला, अपनी माँ को सोने-चाँदी के गहनों से लदा पाया। उसकी माँ ने उसे समझाया था कि उसकी शादी के समय वह यह गहने उसे दे देगी लेकिन कमली का पिता खेती-बाड़ी के मामलों में होशियार नहीं था। उसने खुद खेती न करके बटाई पर उठा दी थी और गाँव के प्राइमरी स्कूल में पढ़ाने लगा था। धीरे-धीरे खेती में नुकसान होने लगा और घर की माली हालत बिगड़ने लगी। दो-चार छोड़कर कमली की माँ के सारे गहने बिक गये, जो बचे थे वह उसने कमली के दहेज में दे दिये। इन गहनों की संख्या कमली बढ़ा नहीं पायी थी। इच्छा बहुत थी, दबी हुई ही सही।

चमत्कारी बाबा के बारे में कल्पवासी महिलाओं की मण्डलियों में काफी चर्चा थी। किसी महिला ने कहा कि चमत्कारी बाबा सोने के गहनों का वजन दुगुना कर सकते थे। बस यह बात कमली के मन में बैठ गयी। यह बात उसने किसी से नहीं कही। बात कहनेवाली नहीं थी लेकिन रामसनेही से पूछे बिना तो काम नहीं चल सकता था। शाम को झोपड़े में सोने के वक्त उसने बड़े डरते-डरते हुए पूछा, "सुनो जी।"

"क्या है ?"

"चमत्कारी बाबाजी की बड़ी मानता है जी।"

"हाँ सो तो है। मैं गया था दर्शन करने आज। चल, कल तुझे भी दर्शन करा लाऊँ।"

"मैं कछू और सोच रही थी।"

"का है, बताती क्यों नहीं।"

"सुना है बाबाजी में बड़ी शक्ति है। बड़े-बड़े चमत्कार किये हैं। वो कुसुमाखोरवाली कहि रही थी बाबाजी सोना दूना कर देते हैं।"

रामसनेही सोच-विचार में पड़ गया। चमत्कारी बाबा से वो भी बहुत प्रभावित था लेकिन सोने के मामले में सोच-विचार कर ही कुछ करना ठीक रहता है। कहीं कुछ हो गया तो, लेकिन इतने बड़े बाबा के होते कुछ होने का सवाल ही नहीं था। बस एक ही चिन्ता थी कहीं गुरुस्वामी को पता लगा तो खैर नहीं। लेकिन साथ ही लालच भी था। कमली अपनी शादी के समय दो-चार गहने लेकर आयी थी। रामसनेही कभी भी उसे और गहने खरीदकर नहीं दे सका था। कई बार तो फसल खराब होने पर इन्हें भी बेचने की नौबत आ गयी थी लेकिन किसी तरह कमली ने इन्हें बचा रखा था। अब अगर ये गहने दुगुने हो जायें तो उसकी हमेशा की इच्छा भी पूरी हो जायेगी।

रामसनेही भी तैयार हो गया। दोनों ने तय किया कि सुबह जल्दी ही डेरे से निकल लिया जाय तो किसी को कानोंकान खबर नहीं होगी। दोनों लोग दूसरे दिन सुबह पाँच बजे छोटी-सी पोटली में गहने बाँधकर निकल पड़े और चमत्कारी बाबा के डेरे के सामने पहुँच गये। चमत्कारी बाबा खडे-खड़े ही नित्यकर्म कर रहे थे। उनके चेलों ने कमली और रामसनेही को दूर ही रोक दिया। दोनों दीन ग्रामीण एक ओर खड़े होकर इन्तजार करने लगे। एक घण्टे बाद बाबाजी के दर्शन का समय हुआ। उनके सामने से सफेद धोतियों की कनातें हटते ही कमली और रामसनेही ने जमीन पर सर रख-कर चमत्कारी बाबा को प्रणाम किया। बाबाजी ने एक भौंह उठाते हुए पूछा, "का है रे।"

"जै हो बाबाजी की।" रामसनेही ने गुहार लगायी।

"किरपा करें महाराज।" कमली ने भी दुहराया।

"बोल," बाबाजी ने कहा।

कमली ने अपने गहनों की पोटली खोलकर बाबाजी के चरणों पर रख दी। बोली, "बड़ी आस लेके आये हैं महाराज।" बाबाजी ने आँखें मूंदते हुए मन-ही-मन कुछ बुदबुदाया और एक फूल पोटली पर फेंकते हुए कहा, "अपनी झोपड़ी के पीछे तीन हाथ का गड्ढा खोदकर रात्रि के तीसरे पहर दबा देना। ऊपर से गंगा जल देकर एक हरे नीम की डाल लगा देना। तीसरे दिन प्रातःकाल तक दुगुने हो जायेंगे। ओम शिवशंकर।"

आशीर्वाद पाकर कमली और रामसनेही खुशी से गुब्बारे की तरह फूलते हुए अपनी झोपड़ी में वापस आ गये।

माथुर साहब जिलाधिकारी होने के साथ-साथ शहर की नगरपालिका के प्रशासक भी थे। दो लाख की आबादीवाले शहर की इस नगरपालिका की हालत पिछले दस वर्षों से अत्यन्त ही जीर्ण-शीर्ण हो गयी थी। जितनी आमदनी उससे ज्यादा खर्चा। हर महीने नगरपालिका के एक हजार कर्मचारियों की फौज को तनख्वाह बाँटने के लाले पड़े रहते थे। सड़कें टूटी-फूटी हालत में थीं, पानी के नलकूप पुराने। स्ट्रीट लाइट, बल्ब फ्यूज। माथुर साहब चाहकर भी ज्यादा समय इसकी ओर नहीं दे पाते थे। मेला शुरू होने के पश्चात् तो नगरपालिका की कुछ उपेक्षा हो रही थी। इसकी हालत कुछ बदतर हो गयी थी।

मेला शुरू हुए दस दिन हो चुके थे। कई दिन बाद माथुर साहब नगरपालिका के दफ्तर में बैठ पाये थे। नागरिकों का एक प्रतिनिधि मण्डल मिलने आया हुआ था। प्रतिनिधि मण्डल के मुखिया ने बिना समय खोये हुए नगरपालिका की दुर्दशा पर एकपक्षीय वक्तव्य शुरू किया। "कलेक्टर साहब क्या कहें, इस नगरपालिका के बारे में। अक्सर हम लोग आपके पास आते नहीं हैं। मुलाकात ही नहीं हो पाती लेकिन जब बात हद से बढ़ जाये तो फिर और कोई चारा नहीं है। आप इजाजत दें तो कहें।"

"अरे आप बिल्कुल निडर होकर कहें।" माथुर साहब ने अपने चेहरे पर जबर्दस्ती मुस्कराहट लाने की निरर्थक कोशिश करते हुए कहा।

"महोदय, जितना कहें, उतना कम है। बिजली को ही लीजिए। अठारह-अठारह घण्टे गायब रहती है। सुबह-शाम-दोपहर कोई ठिकाना नहीं। शाम होते ही अँधेरा हो जाता है। गलियों में कोई निकल नहीं सकता। काम-धन्धा चौपट हो जाता है। बिना बिजली के सारे कारखाने बन्द हो रहे हैं, पन्द्रह दिन बाद बच्चों के इम्तहान शुरू हो जायेंगे। लालटेन में आँखें फोड़ते हैं रात भर। आपको कुछ करना चाहिए बिजली विभाग के खिलाफ···।"

"भई, बिजली विभाग पर हमारा कोई नियन्त्रण नहीं है।" माथुर साहब ने साफ बचने की कोशिश की। लेकिन शायद प्रवक्ता ने सुना नहीं।

"पानी के हाल तो और भी खराब हैं। कोई ठिकाना नहीं, किस वक्त आयेगा और आयेगा भी तो बूंद-बूंद टपकता है। पानी का प्रेशर बिल्कुल नहीं।"

एकपक्षीय वक्तव्य चल रहा था कि प्रतिनिधि मण्डल के एक अन्य सदस्य को जोश आ गया। वे बोले, "हमने आपसे पहले भी कई बार कहा है। पानी की सप्लाई जब भी आये, नगरपालिका से साइरन बजा देना चाहिए ताकि लोग उठकर पानी भरना शुरू कर दें।"

इस बात पर कुछ लोगों को हँसी आ गयी। दबी जुबान से और फिर कहकहा लगाकर प्रतिनिधि मण्डल के कई सदस्य हँस पड़े। माथुर साहब ने बदले हुए वातावरण का फायदा उठाकर मोर्चा सम्हाला।

"देखिए, पानी की सप्लाई इलेक्ट्रीसिटी सप्लाई से लिंक्ड है। जब बिजली ही नहीं आयेगी तो क्या करेंगे। कई बार शासन को लिखा चुके हैं। वैसे हमने दो-तीन जनरेटर्स खरीदवाने के आदेश दे दिये हैं। हैण्ड पम्प भी लगवा रहे हैं पहली बार। फर्स्ट टाइम इन न हिस्ट्री आफ दिस म्यूनिसपिल बोर्ड···" यह बात सही थी। जौनगढ़ में आज तक हैण्ड पम्प नहीं लगे थे। माथुर साहब ने जोड़-तोड़ करके कुछ लगवाये थे। प्रतिनिधि मण्डल के एक सदस्य के घर के सामने भी नल लगा था, अतः उसने सिर हिलाकर माथुर

साहब की बात का समर्थन किया। वार्तालाप कुछ देर और चलता लेकिन इसी बीच मेले के थाने से टेलीफोन आ गया। मेले में नागा बाबा और कल्पवासियों के बीच झगड़ा हो गया था। दोनों पक्ष अपनी-अपनी बात पर अड़े हुए थे। शान्ति भंग होने का अंदेशा था। एस० एस० पी० साहब मौके पर पहुँच गये थे और माथुर साहब को बुला रहे थे।

माथुर साहब ने टेलीफोन रखकर कुर्सी छोड़ते हुए नागरिकों के प्रतिनिधि मण्डल से विदा ली। "माफ कीजियेगा, अचानक जाना पड़ रहा है। वैसे मैं आपके सब सुझावों पर विचार करूँगा।"

बिना उत्तर की प्रतीक्षा किये माथुर साहब गाड़ी में बैठ गये। गाड़ी मेले की ओर दौड़ने लगी और वो अपना डाक पैड पलटने लगे। पैड में तरह-तरह के पत्र थे। उद्योग सचिव के पत्र में कहा गया था कि सभी जनपदों में इण्टरपिनरशिप को बढ़ावा देकर नये-नये उद्योग लगवाये जायें। सचिव ग्राम्य विकास ने जिलाधिकारियों को निर्देशित किया था कि वे स्वयं दूरस्थ ग्रामीण अंचलों में जाकर विकास व्यवसायियों का निरीक्षण करें। कमी पाये जाने पर सम्बन्धित कर्मचारियों के विरुद्ध नियमानुसार कार्यवाही सुनिश्चित करें। शाक भाजी निदेशक ने हर घर में (किचिन गार्डन) बनाने के महत्व पर जोर देते हुए खेद व्यक्त किया था कि जिला स्तरीय अधिकारीगण इस योजना पर ध्यान नहीं दे रहे हैं।

कुछ पत्र सैनिक कमाण्ड से भी आये थे। अधिकतर पत्रों में सैनिकों के आश्रितों को खेती-बाड़ी हेतु जमीन देने का अनुरोध किया गया था। सभी पत्र अंग्रेजी में थे। इन्हीं नीरस और बेजान पत्रों के नीचे दबा हुआ एक पोस्ट कार्ड भी था जिसने माथुर साहब का ध्यान मुख्य रूप से आकर्षित किया। इस पत्र में उन्हें नव वर्ष की शुभ कामनाएँ भेजी गयी थीं।

पूज्य पिताजी

ॐ अनुमन्त नमः
यह न वर्ष 1987
आपको व आपके
सम्पूर्ण परिवार को
सुखमय एवं समृद्धशाली हो।

मैं आपके पास कई पत्रों को भेज चुका हूँ। मुझे आशा ही नहीं अपितु पूर्ण विश्वास है कि आपके द्वारा मुझे किसी न किसी दिन पत्र अवश्य प्राप्त होगा जो कि मेरे आँसू पोंछेगा।

आपका

बालकराम पुत्र श्री बंशगोपाल

श्रोंसे का नगला, पो० खुबरियापुर

विकास खण्ड, छिबरामऊ।

माथुर साहब की समझ में नहीं आ रहा था कि उनका कोई पुत्र ग्राम खुबरियापुर में कब पैदा हो गया जबकि वह आज तक उस ग्राम में नहीं गये और न ही कभी पवन पुत्र की तरह उस ग्राम के ऊपर से पसीने की बूंदें टपकाते हुए उड़े।

इस पर सोच-विचार करते-करते गाड़ी मेला क्षेत्र में पहुँच गयी थी। वातावरण में तनाव नजर आ रहा था। पुलिस व्यवस्थित और होमगार्ड कुछ ज्यादा सतर्क नजर आ रहे थे। मेले के मुख्य द्वार पर ही मेला मजिस्ट्रेट मिल गये और उन्हें नागा बाबाओं के खेमे की ओर ले गये। एस० एस० पी० साहब पहले से ही वहाँ मौजूद थे। खेमे के पास पहुँचते ही माथुर साहब को सारी स्थिति स्पष्ट हो गयी।

मेला शुरू होने के समय इस खेमे में केवल दो-तीन अर्धनग्न लँगोटीयुक्त नागा बाबा थे। किसी ने इस ओर विशेष ध्यान नहीं दिया। कल्पवासी भी दूर ही रहे लेकिन आज इस खेमे में करीब डेढ़ सौ पूर्णतः नग्न बदन पर भभूति लपेटे और हाथ में त्रिशूल लिये नागा बाबा जुलूस निकालने पर आमादा थे। खेमे के बाहर काफी संख्या में पुलिस फोर्स लगा था और उससे भी अधिक संख्या में तमाशबीन मौजूद थे। नागा बाबाओं का जुलूस कल्पवासी क्षेत्र के बीचोबीच से होकर दूधाधारी बाबा के खेमे के सामने से होकर निकलनेवाला था। दूधाधारी बाबा को नंग-धड़ंगे बाबाओं का जुलूस अपने खेमे के सामने से निकलने में घोर आपत्ति थी। आज उनके यहां महिला कीर्तन चल रहा था और लगभग 500 सम्भ्रान्त महिलाएँ कीर्तन

कर रही थीं।

चूँकि दूधाधारी बाबा इस जुलूस का विरोध कर रहे थे, भैंरों बाबा इसका खुला समर्थन कर रहे थे। उन्होंने सुझाव दिया था कि नागा बाबा कभी-कभी ही इस क्षेत्र में आते थे इसलिए जनता को और विशेषकर महिलाओं को उनके दर्शन का पूरा लाभ मिलना चाहिए। सुबह से ही यह वाद-विवाद चल रहा था और कोई भी पक्ष टस-से-मस होने को तैयार नहीं था। एस० पी० साहब के यहाँ पहुँचने से पहले तो यह नौबत तक आ चुकी थी कि नागा बाबाओं ने अपने त्रिशूल तानकर भीड़ को चीरते हुए गंगा तट पर पहुँचने का ऐलान कर दिया था और दूधाधारी बाबा के चेलों ने अपने अखाड़े के मुगदर और भाले निकाल लिये थे। माथुर साहब के वहाँ पहुँचते ही नागा बाबाओं ने नारा लगाया।

हूँ हर-हर महादेव
जय हो शिवशंकर
जटा जूट धारी भोलेनाथ—

"माँ गंगा में स्नान करने के लिए खड़े हैं। सूर्योदय हुए तीन धाम बीत चुका है। अभी तक इजाजत नहीं मिली है और प्रतिरक्षा सम्भव नहीं···।" नागा बाबाओं के दल के मुखिया ने माथुर साहब को सम्बोधित करना शुरू किया। भैंरों बाबा ने आग में घी डालते हुए कहा :

"ऐसा कभी हुआ नहीं आज तक। किसी साधु-सन्त को माँ गंगा के दर्शन करने से वंचित नहीं किया गया। हर बाबा लोग वहाँ जुलूस निकालते हैं। इसी वर्ष यह अनर्गल प्रतिबन्ध क्यों लगाये जा रहे हैं। मेला समिति को क्या अधिकार है इन्हें रोकने का। यह मेला हमने पच्चीस वर्ष पूर्व शुरू किया था···।"

"सब्र का बाँध टूटनेवाला है। बम भोलेनाथ का यह त्रिशूल ही रक्षक है···।"

नागा बाबाओं के झुण्ड से एक भीमकाय रौद्ररूपी बाबा ने घोषणा की। इसके समर्थन में सभी बाबाओं ने अपने त्रिशूल ऊपर उठाकर नारा लगाया—"बम भोलेनाथ···"

'हर-हर महादेव।'

नागा बाबाओं के जुलूस को रोकने का कोई तरीका नजर नहीं आ रहा था।

"कहो साहब, क्या किया जाये," माथुर साहब ने एस० पी० साहब से पूछा।

"ये नागा लोग तो बड़े ही अड़ियल हैं। यह बबाल निपट ही जाय तो अच्छा है।" एस० पी० साहब ने अपने अनुभव का परिचय देते हुए कहा।

माथुर साहब को भी उनकी बात सही लगी। उन्होंने बाबाओं के झुण्ड की ओर घोषणा कर दी, "ठीक है, जुलूस निकलेगा। हम भी चलेंगे आपके साथ।"

घोषणा के साथ ही बाबाओं ने विजय उल्लास किया, "जय···भोले-नाथ···।"

गगनभेदी नारों के साथ यह जुलूस गंगा-स्नान हेतु चला। साथ में भारी पुलिस दल और मजिस्ट्रेट। गंगा तट के मध्य ग्रामीणों की भीड़ नागा बाबाओं का नाम सुनकर हट चुकी थी। कोई भी इनके इर्द-गिर्द फटकना नहीं चाहता था। नागा बाबाओं ने पूरे दो घण्टे जमकर गंगा स्नान किया। उनके स्नान का दृश्य वीभत्स होते हुए भी रोमांचकारी था। काली देहवाले जटाजूट धारी मानव आकृतियाँ गंगा के उथले पानी में लेटकर उछलकर, बैठकर तरह-तरह के करतब कर रही थीं और विभिन्न स्वरों में अमानवीय आवाजें पैदा कर अपनी खुशी और आनन्द का ऐलान कर रही थीं। पुल पर दर्शकों की अपार भीड़ थी।

दो घण्टे बाद बाबा लोग अपने खेमों में लौट आये। भैंरों बाबा के चेहरे पर खुशी सिमट नहीं पा रही थी। प्रभूदास भी अपने कैम्प में बैठा अपनी दूसरी विजय के उपलक्ष में थम्सअप की बोतल में सोमरस का सेवन कर रहा था।

भैंरों बाबा कह रहे थे—

"हमने ही मेला शुरू किया था ये। अब कमेटी इस पर अपना कब्जा जमाती जा रही है। क्या है ये सब करने का। हम तो नल लगवाते थे, आटा-दाल, मिट्टी का तेल, लालटेन-पेट्रोमेक्स। सब चीज का प्रबन्ध होता था। कल्पवासियों की संख्या अधिक थी। पूरा ध्यान रखा जाता था। हमारी अपनी दूकान चलती थी। आश्रम का भला हो जाता था, दीन-दुखियों की सेवा हो जाती थी। क्षमा करना लेकिन स्पष्ट कहेंगे। इसकी शुरुआत आप ही ने की।"

प्रभूदास के कैम्प में गुप्त बैठक हो रही था। रात्रि के बारह बज रहे थे। बैठक में केवल तीन लोग थे। प्रभूदास, भैंरों बाबा और एक तीसरा व्यक्ति जो चुप था, कम बोल रहा था, केवल सुन रहा था।

"यह बात सही है कि शुरुआत मैंने की। अब पछता रहा हूँ। सोचा था, रिटायर होने से पहले कुछ रोटी-पानी का इन्तजाम हो जायेगा। आपको भी सन्तुष्ट कर देता लेकिन यह जिलाधिकारी मुझे कुछ करने ही नहीं देता। हर बात में टाँग अड़ाई जाती है। सब उम्मीदों पर पानी फिर गया है, इसके ऊपर मेरा सार्वजनिक रूप से अपमान किया गया है। ठाकुर का बच्चा हूँ, मैं बेइज्जती नहीं सह सकता।" प्रभूदास ने कहा।

"समिति अपनी सफलता का डंका बजा रही है। विजयपताका फहरा रही है। हमें तो हर जगह गड़बड़ी नजर आ रही है। नौटंकी में होमगार्डों ने बदमाशी की। बड़ी बदनामी हुई। आज नागा बाबा लोग भी खून की नदियाँ बहाने पर उतारू थे।" भैंरों बाबा बोले।

प्रभूदास के कुटिल चेहरे पर मुस्कराहट छा गयी, बोला, "यह सब क्या अपने आप हो गया।" भैंरों बाबा समझ गये, इशारा किधर था। बोले, "हाँ-हाँ ठीक है लेकिन जब इतना हो ही गया है तो अब ब्रह्मास्त्र छोड़ ही दिया जाय।"

इसके बाद तीनों लोग और आस-पास खिसक गये और धीमी आवाजों में बातचीत करने लगे। सुमेरसिंह शाम से ही प्रभूदास के पीछे लगा हुआ था। मेले में जब से घटनाएँ शुरू हुई और उसे भैंरों बाबा और प्रभूदास पर शक हो गया था, जब से यह गुप्त बैठक शुरू हुई, वह टैण्ट के पीछे कपड़े की

सींवन से सारा दृश्य देख रहा था। शुरू की बातचीत उसे सुनाई दी लेकिन अब कुछ भी पल्ले नहीं पड़ रहा था। फिर भी वह अपनी जगह अड़ा रहा। बातचीत के दौरान वह तीसरा व्यक्ति कुछ बोलता हुआ प्रतीत नहीं हुआ। केवल स्वीकारात्मक सिर हिलाता रहा। जाते समय प्रभूदास ने उसे एक मोटा लिफाफा थमाया। तीसरे व्यक्ति ने लिफाफा खोलकर देखा और गर्दन हिलाते हुए कुछ कहा। प्रभूदास ने धीमे स्वर में बोलते हुए उसके कन्धे पर हाथ रखा, सुमेरसिंह के पल्ले केवल इतना पड़ा···। "बाकी काम हो जाने के बाद" भैंरों बाबा ने सिर हिलाकर कुछ इशारा किया। तीसरा व्यक्ति अपना चमड़े का बैग उठाकर टैण्ट के बाहर चला गया। बैठक समाप्त हो गयी। सुमेरसिंह भी अपने घर की ओर मुड़ गया। उसे कुछ दाल में काला नजर आ रहा था। हो-न-हो, कोई बड़ी विपदा मेले पर आनेवाली थी।

'गंगा माई की सौगन्ध इसे होने नहीं दूंगा।' उसने नदी की ओर हाथ जोड़कर कसम खाते हुए मन-ही-मन कहा और तेज कदमों से चल दिया।

तीसरा व्यक्ति अपने काम पर लग गया था। उसने समय बरबाद किये बिना मेला क्षेत्र में स्थापित फायर स्टेशन का निरीक्षण शुरू कर दिया। इस फायर स्टेशन में इस समय दो गाड़ियाँ खड़ी हुई थीं। लाल रंग की चमचमाती हुई गाड़ियाँ। लेकिन ये गाड़ियाँ आग बुझाने में कामयाब होंगी या नहीं। अगर होंगी तो कितनी कारगर।

फायर स्टेशन नदी के तट से दो सौ गज की दूरी पर था लेकिन नदी तक पहुँचने के लिए कोई सड़क नहीं बनायी गई थी। गाड़ियाँ नदी तक नहीं पहुँच सकती थीं और न ही इतनी दूर से उसका पम्प पानी ही खींच सकता था। थोड़ी देर छानबीन के बाद पता लगा कि गाड़ियों में पानी भरने के लिए पम्प नहीं बना था। गाड़ियाँ शहर से पानी भरकर लाती थीं। मेला क्षेत्र में जो हैण्ड पम्प लगे थे उसका भी गाड़ी के इन्जन से पानी खींचना सम्भव नहीं था क्योंकि पाँच फुट की गहराई से इतनी तेजी से पानी नहीं निकल सकता था।

तीसरे व्यक्ति ने एक और बात देखी। सुबह साढ़े-तीन बजे मेले में

पूरा सन्नाटा था। कल्पवासी भी सोये हुए थे और फायर स्टेशन पर सिपाही भी। स्टेशन के अन्दर हल्की रोशनी जल रही थी। और उसके पास चारपाई पर बर्दी पहने पहरेदार भी सोया पड़ा था। तीसरे व्यक्ति ने एक पत्थर उठाकर पास में सोये हुए कुत्ते पर मारा। कुत्ता झपटकर उठा और भौंकता हुआ भाग गया। फायर स्टेशन में कोई हलचल नहीं हुई। तीसरा व्यक्ति संतुष्ट होकर पुल की ओर चल दिया।

मेले में ग्यारहवें दिन की सुबह कुछ कड़वाहट लिये थी। क्षितिज में बदनसीबी की काली घटा छा रही थी। इस घटा की छाया मेला क्षेत्र के दस किमी० दूर बसे ग्राम सुसैंनी पर पड़ रही थी। सुबह के सात बजे सुसैंनी गाँव में नदी के तट पर छोटी नाव हमेशा की तरह आकर लगी। गाँव के पास गंगा और काली नदी की धारें आपस में मिलती थीं। उथली होते हुए भी नदी खतरनाक थी। धार तेज थी, जगह-जगह गड्ढे थे।

नाव में स्कूल के छः बच्चे चढ़े। उन्होंने अपनी साइकिलें भी नाव पर चढ़ा लीं और मल्लाह ने नाव को नदी में ढकेलना शुरू ही किया था कि गाँव के दो लड़के और आ गए, फिर मल्लाह के मना करने पर नाव को रोका। नाव में छः आदमी बैठने की जगह थी फिर भी मल्लाह के मना करने पर भी दोनों लड़के सवार हो गए। स्कूल पहुँचने की जल्दी थी, अब नाव पर डेढ़ गुना वजन हो चुका था। मल्लाह ने नाव को पानी में ढकेला। किस्मत का खेल, एक और आवाज गाँव की ओर से आयी, "अरे रुकना भाई।" यह आवाज गाँव के मन्दिर के बूढ़े पुजारी की थी। हाथ में डण्डा लिए लँगड़ाते हुए पुजारी जी नाव की ओर से भागे चले आ रहे थे। पुजारी जी के आग्रह को टालना मल्लाह के बस में नहीं था, नाव पर चढ़ाना पड़ा।

नाव जो धार में आयी तो एक तरफ झुक गयी। बोझ ज्यादा था। पुजारी जी चिल्लाये, "अरे ये नाव डूब रही है।" उनका चिल्लाना सुन हड़बड़ाहट में स्कूली बच्चे खड़े हो गए। बिगड़ा हुआ संतुलन बिखर गया

और नाव पलट गयी। मल्लाह को छोड़कर कोई भी तैरना नहीं जानता था। सो मल्लाह का पैर भी बेसरम की झाड़ी में अटक गया। देखते-देखते आनन-फानन में दस ज़िन्दा बच्चे लाशों में बदल गए। जिले भर की सरकारी गाड़ियाँ ग्राम मुसैनी की ओर दौड़ पड़ीं लेकिन जाल डालकर लाशों के ढूंढ़ने के सिवाय कुछ नहीं बचा था। इस दुर्घटना की खबर जैसे ही मेला क्षेत्र में पहुँची, भैंरों बाबा को मेला समिति पर वार करने का और सुनहरी मौका मिल गया। उन्होंने फौरन अपनी सभा में वक्तव्य दे डाला :

"देखा भक्तगणो, आपसे मैं पहले ही कहता था कि माँ गंगा के तट पर वातावरण दूषित करने का परिणाम अच्छा न होगा। यह नौटंकी, नाच, तमाशा, यह होटल। इसमें मांस-मछली, अण्डों का सामिष भोजन पक रहा है। पूरा वातावरण दुर्गन्धमय हो रहा है। पाप हो रहा है, चारों तरफ। यह मेला हमारा है। हमने शुरू किया है इसे। अब यह समिति इसका सत्यानाश कर रही है। हमारे इष्टदेव रुष्ट हो गए हैं। माँ गंगा भी रूठ गयी है। अभी देवताओं ने पहली बलि ली है, अब देखो, आगे क्या होता है। हे परमात्मा, शिवशंकर बाबा बम भोले नाथ क्षमा करना, दया करना दीन-दुखियों पर।"

भैंरों बाबा के इस वक्तव्य का असर और किसी पर हुआ हो अथवा नहीं, समाचार पत्रों पर अवश्य हुआ। दूसरे दिन की सुर्खियों में छपा। "दस व्यक्तियों की दर्दनाक जल समाधि—गंगा को दूषित करने का परिणाम। अभी और अनिष्ट हो सकता है। भैंरों बाबा की चेतावनी।"

वह लगातार खोद रहे थे। सुबह चार बजे से रामसनेही और कमली गड्ढा खोद रहे थे। एक घण्टे खोदने के बाद चार-पाँच फिट ऊँचा बालू का ढेर लग चुका था। उन्होंने जहाँ गहने गाड़े थे उसके आस-पास की भी काफी जमीन खोद डाली थी। ठंड भरी सुबह ही वह दोनों पसीने में लथपथ थे। चेहरे पर हवाइयाँ उड़ रही थीं। आँखों के चारों ओर थकान से बने काले

चकत्तों में घबड़ाहट व बौखलाहट और हताशा की छाया झलक रही थी। गहनों का कहीं भी नामोनिशान नहीं था। कमली ने अब हिम्मत छोड़ दी। वो एक तरफ बैठकर छाती पीटने लगी। "हाय दइया सब चला गया रे···" रामसनेही ने पहले तो उसे सान्त्वना देने की कोशिश की और एक बार फिर हिम्मत कर दो-तीन बालू के गड्ढे और खोद डाले लेकिन गहने नहीं मिले। जहाँ भी खोदा, दो-तीन फिट पर गंगाजल ही हाथ लगा। उसकी घबराहट भी ज्यादा देर अन्दर छिपी न रह सकी। गवाँर था, दोहत्थड़ मार रोने लगा। चारों ओर कल्पवासियों का मजमा इकट्ठा हो गया।

कमली की जिन्दगी भर की धरोहर चली गयी थी। उसकी सारी उम्मीदों पर पानी फिर गया था। वह इतनी हताश हो चुकी थी कि कोई शिकायत, पुलिस रिपोर्ट लिखाने को तैयार नहीं थी। "का होगा भइया, सब किस्मत का खेल है," बार-बार यही मुँह से निकल रहा था, फिर भी राम-सनेही ने मेले के थाने पर जाकर सूचना दे दी लेकिन थाने की पुलिस को गहने के खोजबीन करने की फुरसत ही नहीं थी। मेले में भीड़ बढ़ती जा रही थी। भीड़ को सम्हालने में ही सब लोग जुटे थे। भैंरों बाबा को पता लगा तो उन्होंने रामसनेही को जी भर कर बुरा-भला कहा। उसने भैंरों बाबा के खेमे में कल्पवास करते हुए चमत्कारी बाबा के पास जाने का अक्षम्य अपराध किया था। उन्होंने सुबह अपनी सत्संग सभा में कहा, "देखा आपने, यही होता है, जब श्रद्धालु भटक जाते हैं। अपने बाबा पर आपको भरोसा नहीं।—यही होता है जब हमारी बात मानी नहीं जाती है।"

रामसनेही चुपचाप कोने में बैठा सुनता रहा। और कर भी क्या सकता था। गलती उसकी ही थी। वह चमत्कारी बाबा के डेरे की ओर भी चक्कर लगा आया था लेकिन बाबा के चेलों ने मिलने नहीं दिया। धमका और दिया, "तुमने ही सही लगन के समय गहने नहीं दबाये होंगे इसलिए शनि की दृष्टि पड़ गयी, बाबा जी क्या करें। हाँ इतना अवश्य ध्यान रहे, बाबाजी के बारे में ऐसी-वैसी बात बोली तो और अनिष्ट होगा।"

मुख्य नहान का दिन आ पहुँचा था। रात्रि के 12 बजे से अन्धाधुन्ध भीड़ गंगा पुल और आस-पास की सड़कों पर छा गयी थी। शहर से आने वाली सड़क से पहले चौराहे पर ही बसों, ट्रकों इत्यादि भारी वाहनों को रोक दिया गया था। एक मील लम्बी लाइन इन वाहनों की लग चुकी थी। सबसे पहले क़तार ट्रैक्टरों की थी और सबसे पीछे बैलगाड़ियों की जो कि संख्या में सबसे ज्यादा थीं। इन सब वाहनों से जन-समूह निकलकर गंगा तट की ओर जा रहा था। चूंकि नहान सुबह चार बजे से शुरू होना था इसलिए लोग गंगा तट के आस-पास जहाँ जगह मिले वहीं पर डेरा जमा रहे थे। मेला प्रांगण के अन्दर जितने रास्ते और खुले मैदान बने थे उन सब पर ग्रामीण स्त्री, बच्चे-बूढ़े, छोटे-बड़े सो रहे थे। जिन लोगों को मेला प्रांगण में जगह नहीं मिली थी उन्होंने पुल पर बने फुटपाथ पर लेटना शुरू कर दिया था। जो लोग साइकिलें लेकर आये थे उन्होंने अपनी साइकिलों का एक पहिया पुल की रेलिंग पर टाँगकर और दो साइकिलों के बीच चादर डालकर रैन-बसेरा बना लिया था।

गंगा पुल पर कई रैन-बसेरे बने हुए थे। इनमें से एक रैन-बसेरा जो कि गंगा पुल के दक्षिण कोने पर था, कुछ भिन्न प्रकार का था। दो साइकिलों से बने इस रैन बसेरे में कोई निर्धन ग्रामीण नहीं बल्कि चमड़े का बैग लिये वह तीसरा व्यक्ति था जिसे ग्राम प्रधान सुमेरसिंह ने प्रभूदास के कैम्प में देखा था। पुल के इस हिस्से में रोशनी की एक किरण तक नहीं जा रही थी। यह व्यक्ति इस समय अपने को पूरी तरह सुरक्षित समझते हुए तत्परता से अपने कार्य में जमा हुआ था। उसने अपने चमड़े का बैग खोलकर चार मोटी बत्तियाँ निकालीं और उन्हें पुल की रेलिंग में बाँध दिया। इन बत्तियों के स्विच्स के बीच से एक काले रंग का तार निकला हुआ था। इस तार को तीसरे व्यक्ति ने पुल की रेलिंग को नीचे की जड़ में बनी जाली में टेप से जमा दिया और उसको लम्बाई में डालते हुए रेलिंग के छोर पर बने हुए बिजली के खम्बे तक ले गया। बिजली के खम्बे के नीचे की ओर से होता हुआ यह तार ऊपर लगे हुए 'सोडियम लैम्प' के पाइप के पीछे लगे तारों तक पहुँचा, जहाँ तीसरे व्यक्ति ने एक विद्युत सर्किट तैयार किया। बिजली के खम्बे के नीचे तारों के गुच्छे को गीली मिट्टी और घास-फूस से दबा

दिया। इतना कर चुकने के बाद इस तीसरे व्यक्ति ने अपना खेमा समेटा और साइकिल उठाकर भीड़ में गुम हो गया।

जिस समय से सुमेरसिंह ने प्रभूदास के कैम्प में गुप्त बैठक का दृश्य देखा था उसको चैन नहीं पड़ रहा था। उसे समझ तो अभी तक कुछ भी नहीं आया था लेकिन दाल में कुछ काला अवश्य है, ऐसा उसे महसूस हो रहा था। ज्यादा देर यह बात उसके पेट पची नहीं, उसने यह सारा का सारा किस्सा वर्मा साहब पत्रकार को सुना डाला। वर्मा जी मेला समिति की कार्यकारिणी के सदस्य थे। जिलाधिकारी को मेला लगाने के लिए उकसाने में उनका बहुत बड़ा हाथ था। वर्मा जी पत्रकारिता कम और साधु-सन्तों की सेवा अधिक करते थे। जब से मेला लगा था वे चौबीस घण्टों में से कम से कम अठारह घण्टे मेला प्रांगण में ही गुजारते थे और मेले की हर महत्वपूर्ण खबर उच्च अधिकारियों तक पहुँचाते थे। वर्मा जी ने सुमेरसिंह से जब गुप्त बैठक का हाल सुना तो उनके कान खड़े हो गए। उन्हें पता था कि प्रभूदास माथुर साहब से वैमनस्य मानने लगा था और भैंरों बाबा से मिला हुआ था। अवश्य ही यह किसी बड़ी सर्विस की शुरूआत थी। कोई बड़ी दुर्घटना घटने वाली थी। वर्मा साहब फौरन उठकर खड़े हुए और इन्स्पेक्टर मलिक से मिलने चल दिए।

मेले की बारहवीं सुबह। आठ बजकर दस मिनट पर तैयार होकर माथुर साहब मेला क्षेत्र प्रस्थान करने के लिए गाड़ी में बैठ ही रहे थे कि खबर मिली कि जनवादी किसान मोर्चा निर्दलीय विधायक के नेतृत्व में जिलाधिकारी कार्यालय पर प्रदर्शन के लिए पचहत्तर ट्रैक्टरों में भरकर किसानों का एक जुलूस लेकर आ रहा था। शहर में धारा एक सौ चवालीस लगने के बावजूद जुलूस रुक नहीं रहा था, बराबर बढ़ता ही आ रहा था। ज्ञापन लेना आवश्यक था। गाड़ी का रुख कचहरी की तरफ मुड़ गया। माथुर साहब जुलूस आने के इन्तजार में कचहरी के मीटिंग हॉल में बैठ गए।

जुलूस साढ़े-नौ बजे कचहरी से दो फर्लांग दूर जौनगढ़ क्लब के पास पहुँचा। ट्रैक्टर्स वहीं रोक दिए गए। जुलूस की फार्मेशन की गयी। सबसे आगे थे विधायक जी और उसके साथ उनके दस सहयोगी। विधायक जी भीमकाय शरीर के थे। उन्होंने इस समय सफेद धोती और उसके ऊपर खादी की मोटी सिलक का सफेद कुर्ता पहना हुआ था। उनके सहयोगीगण भी सफेद कुर्ते-पायजामे में लैस थे। विधायक जी और उनके सहयोगियों के पीछे स्थानीय नेताओं की कतार थी। उनके पीछे जनपद के प्रमुख किसान नेता और जन प्रतिनिधिगण थे। इन सबके पीछे थे जनपद के प्रमुख किसान और तथाकथित किसानों की एक हज़ार की संख्या में बेतरतीब भीड़।

जुलूस की फोर्मेशन तैयार हो जाने के बाद झण्डे वालों को इसमें शामिल किया गया। पचास किसान जनवादी किसान मोर्चे के विभिन्न प्रकार के झण्डे और बैनर्स लेकर जुलूस में शामिल हो गए। कपड़े के बैनर्स पर तरह-तरह के नारे लिखे गए थे।

"जनवादी किसान मोर्चा जिन्दाबाद।"

"किसानों का शोषण बन्द करो।"

"जिला प्रशासन मुर्दाबाद।"

"कोल्ड स्टोरेज मालिकान, सावधान।" इत्यादि-इत्यादि।

सभी तैयारियां हो जाने के बाद विधायक महोदय को फूलमालाएँ पहनायी गयीं और इस कदर पहनाई गयीं कि केवल उनकी नाक और उनके ऊपर आँखें और माथा ही दिखाई पड़ रहा था। विधायक जी और किसानों के जिन्दाबाद और कोल्ड स्टोरेज मालिकान व जिला प्रशासन मुर्दाबाद के नारों के साथ यह जुलूस कचहरी को प्रस्थान कर गया।

सिटी मजिस्ट्रेट ने धारा एक सौ चवालिस लगाकर किसी भी रैली, प्रदर्शन, लाउडस्पीकर के प्रयोग पर प्रतिबन्ध लगा दिया था। इन सभी प्रकार के प्रतिबन्धों को नजरअन्दाज करते हुए भारी पुलिस बल के संरक्षण में यह जुलूस कचहरी में जिलाधिकारी के विश्राम कक्ष से बाहर आकर रुका और एक विशाल जनसभा में परिवर्तित हो गया।

कचहरी के प्रांगण में लगभग पन्द्रह सरकारी दफ्तर व दस कोर्ट थे। इन

सबमें इस समय काम बन्द हो गया था। सब बाबू लोग दफ्तरों से निकलकर दर्शकों में शामिल हो गये थे। जुलूस के प्रबन्धकों ने भाषणों के लिए मंच की तैयारी की और एक माइक व लाउडस्पीकर का प्रबन्ध कर लिया। विधायक जी के भाषण से पहले स्थानीय व किसान नेताओं के भाषण हुए। भाषणों का क्रम लगभग एक घण्टे चलता रहा। उनमें मुख्य रूप से कोल्ड स्टोरेज मालिकों की अनियमितताएँ, आलू विकास विभाग के कार्यालयों व अधिकारियों में व्याप्त भ्रष्टाचार व कोल्ड स्टोरेज मालिकों से उनकी साठ-गाँठ की चर्चा की गयी थी। चूंकि प्रदर्शन कचहरी में हो रहा था इसलिए कुछ वकील लोग भी भाषण देने के लिए तैयार हो गये। एक वकील साहब जो शायद ही कभी जिलाधिकारी से मिले हों, ने कहा, "किसान भाइयो, अभी कुछ दिन पहले मैं आपकी समस्याएँ लेकर जिलाधिकारी महोदय से मिला। उन्होंने मुझसे कहा कि यह लड़ाई किसानों और कोल्ड स्टोरेज मालिकों के बीच में है, मैं क्या कर सकता हूँ। अब आप ही सोचिए, यदि जिलाधिकारी कुछ नहीं करेंगे तो कौन करेगा। किसान भाइयों का शोषण हो रहा है और अधिकारी···।" इसके बाद की बात कुछ स्पष्ट नहीं हो पाई क्योंकि माइक खराब हो गया था और उसमें से अजीब तरह की आवाजें आने लगी थीं।

शनैः-शनैः विधायक जी का नम्बर आया। उन्होंने माइक सँभाला। इस समय उनके काली-सफेद दाढ़ी-मूंछ से भरे चेहरे पर रौद्र-रस के भाव झलक रहे थे। आँखों में लाल डोरे उभरे हुए थे और हाथ में हल्का कम्पन था। विधायक महोदय ने जोश में आकर भाषण शुरू करने से पहले खँखारते हुए माइक पर दो-तीन बार फूंक मारी। उसके बाद भी वे यह नहीं समझ पाये कि उनकी आवाज जनसाधारण तक पहुँच रही है या नहीं। उन्होंने माइक हाथ में पकड़ लिया। माइक भी जैसे उत्सुकतावश अपने स्टैण्ड से पूरी तरह अलग होकर उनके हाथ में आ गया। अब उन्होंने माइक को हाथ से भींच-कर लगभग मुंह से सटाते हुए बोलना शुरू किया। उनके साथ माइक भी बोल रहा था।

"भाइयो, किसान भाइयो···की हुश-हुश···आज हमें आजादी मिले पच्चीस वर्ष से ज्यादे हो चुके हैं लेकिन किसान भाइयों का, हमारी गरीब

जनता का, शोषण अभी तक नहीं रुका है। आज हमारे सामने सबसे बड़ी समस्या आलू की है। हमारे खेतों में, मण्डियों में आलू सड़ रहा है लेकिन कोल्ड स्टोरेजों में रखने की जगह नहीं है। जबकि किसान भाई कोल्ड स्टोरेज में आलू ले जाते हैं, उन्हें कुत्तों की तरह दुत्कारा जाता है। सरकार ने—अरे ये माइक ठीक करो भाई—हाँ तो सरकार से उन्नीस रुपिया भाड़े का तै किया और कोल्ड स्टोरेज मालिक सत्ताइस रुपिया वसूल रहे हैं। हमने कई बार जिला प्रशासन के···की···की है लेकिन उन पर कोई असर नहीं हो रहा है। मैं जिला प्रशासन को और कोल्ड स्टोरेज मालिकों को बता देना चाहता हूँ···हम···लाठी, डण्डा···गोली हुच हुच हुच चियामों···"

विधायक महोदय की आवाज, साँस फूलने के कारण बुरी तरह रुँध चुकी थी और होंठों के किनारे गीले हो चुके थे। उन्होंने शीघ्र ही अपना भाषण समाप्त कर दिया। भाषणों के दौर के बाद सब लोग जिलाधिकारी को ज्ञापन देने के लिए उनके बैठक कक्ष में चले गये। जिलाधिकारी माथुर साहब ने उनका उठकर स्वागत किया। हालांकि एक घण्टे लगातार प्रशासन और सरकार की आलोचना करने के बाद काफी झुंझलाहट मन में थी लेकिन फिर भी मुस्कराहट का प्रयास सफल रहा। विधायक महोदय भी कमरे के अन्दर आते ही काफी ठण्डे पड़ गये। उन्होंने माथुर साहब की ओर देखा और हाथ बढ़ा दिया। हाथ मिलाकर माथुर साहब ने उन्हें बैठने का अनुरोध किया। विधायक ज़ी ने बैठकर एक लम्बी ठण्डी व गर्म मिश्रित साँस छोड़ी। उनकी इस श्वाँस निकलने के साथ ही उनके साथियों के तने हुए चेहरों पर भी शान्ति भाव झलक आया। वे सब भी बैठ गये। सबके लिए ठण्डा पानी मँगाया गया।

"कहिए विधायक जी, क्या हाल है।" माथुर साहब ने अपने चेहरे की मुस्कराहट को गहरा करते हुए पूछा।

"हाल तो ठीक ही है, समस्या गम्भीर है।" विधायक जी ने कहा।

"आपकी बात सही है।" माथुर साहब ने उत्तर दिया।

"बात तो हम ठीक ही कहते हैं। लूट मची है कलक्टर साहब। खून चूस रहे हैं।" विधायक जी ने कहा।

"कौन लूट रहा है।" माथुर साहब के चेहरे पर अब भी सौम्य भाव

था। विधायक जी को अच्छा नहीं लगा। उन्हें थोड़ा-सा ताव आ गया। बोले, "कोल्ड स्टोरेज के मालिकान चूस रहे हैं खून किसानों का लेकिन हम आपको बताये देते हैं गोली चले चाहे तोप, खून-खच्चर हो जायेगा। हम कोल्ड स्टोरेज के फाटक तोड़कर अन्दर घुस जायेंगे।"

"न गोली चलेगी न तोप और न खून-खच्चर होगा। हमने फोर्स इकट्ठा कर रखा है। फाटक तोड़ना भी गैर-कानूनी है। हाँ, बैठकर बात कर मामले का हल निकाला जा सकता है।"

माथुर साहब का उत्तर सुनकर विधायकजी शान्त हो गये। फिर उन्होंने एक लिखित ज्ञापन उन्हें दिया। इसके बाद वातावरण सहज हो गया। अब तक जुलूस के साथ आयी भीड़ तितर-बितर हो चुकी थी। बाबू लोग कार्यालयों में वापस चले गये थे। वकील लोग अदालतों में मुकदमों की फाइलों में तारीखें लेने चले गये थे। विधायक महोदय ने अपने साथ आयी कुछ दरखास्तें माथुर साहब को दीं। चलते-चलते उन्होंने विधायक जी को सफल और शान्तिपूर्ण प्रदर्शन आयोजित करने की बधाई दी। विधायक जी के चेहरे पर मुस्कराहट फैल गयी और वे उसे कोशिश के बावजूद छिपा नहीं पाये।

प्रदर्शन के चंगुल से छूटकर माथुर साहब फौरन मेला प्रांगण की ओर चल दिये।

मेला क्षेत्र में भीड़ का अन्दाज लगाना कठिन था। शहर से मेला की ओर जाने वाली सभी सड़कें भर कर चल रही थीं। रिक्शे-ताँगे, बस, टैम्पों, स्कूटर, कार, ट्रैक्टरों की लम्बी कतारें। पैदल चलकर जाने वालों की संख्या इस सबसे ज्यादा थी। गंगा पुल से लगभग आधा कि०मी० पहले ही वाहनों को रोक दिया गया था। इस जगह बने चौराहे पर सैकड़ों पुलिस के सिपाही मौजूद थे। लेकिन अथाह जन समूह लगभग अस्तित्वहीन-सा हो रहा था। पुलिस दल का नेतृत्व करने वाले सी० ओ० साहब इस समय खुद चौराहे

पर खड़े होकर ट्रैफिक कन्ट्रोल कर रहे थे।

गंगा पुल पर नरमुण्ड ही नरमुण्ड नजर आ रहे थे। गंगा नहान के आतुर ग्रामीण अक्सर 'गंगा मैया की जै' का नारा लगाते हुए पुल के दूसरी ओर बन्धे के सहारे बनी सीढ़ियों की तरफ नदी के बालू भरे तट पर जा रहे थे। नदी में इस समय पानी कम और नहाने वाले ज्यादा थे लेकिन 'मन चंगा तो कठौती में गंगा' तीन-चार फीट गहरे पानी में भी नावें चल रही थीं।

नहाने के बाद सिर में तेल और कंघी। इनका इन्तजाम घटवैयों ने किया हुआ था। चन्दन का लेप तो आवश्यक ही था। जहाँ जो रुपिया दो रुपिया दे दें जिजमान की मर्जी। जिजमान भी 'गंगा मैया' के नाम पर दो-चार पैसे ज्यादा ही दे रहे थे। गंगा नहान और चन्दन लेप के बाद खरीदारी सामान और मनोरंजन। मेला क्षेत्र के बाजार ठसाठस भरे हुए थे। हर दुकान पर खरीदारों की भीड़ थी। स्टील के बर्तन, टीन के बक्से, लकड़ी का फर्नीचर, सस्ते कपड़े, खिलौने, पुराण और बेताल पच्चीसी की पुस्तकें, शीशे, चुटीले, चद्दर, कम्बल, मोपेड साइकिलें, टेलीविजन, दरी, कालीन सभी कुछ बिक रहा था।

जितनी तेजी से जनता खरीदारी कर रही थी उतनी ही तेजी से वह तरह-तरह के खाद्य पदार्थों की उदरपूर्ति कर रही थी। हलवा, पराँठा, छोला-भटूरा, गोल-गप्पे, आलू की टिक्की, दही-भल्ले, गुलाब जामुन, रस-गुल्ले, खाजला, आइसक्रीम, फालूदा और पता नहीं क्या-क्या। यानी कि पौष्टिक आहारों के अलावा सब कुछ।

मेले के मनोरंजन प्रांगण में विशालकाय बिजली के झूले भी लगातार घूम रहे थे। बच्चों के बाद इन झूलों पर महिलाओं की संख्या थी जो इस समय लाज-शरम काफी हद तक त्याग कर झूलने का आनन्द ले रही थीं और हँसी-ठट्ठा कर रही थीं। माथुर साहब इस अविस्मरणीय और अद्भुत दृश्य का अवलोकन गंगा घाट पर बने कण्ट्रोल रूम से कर रहे थे और सोच-विचार में डूबे हुए थे। उसके दिमाग में आगामी वर्ष की योजनाएं घूम रही थीं। इसी बीच पत्रकार वर्मा साहब चुपके से आकर खड़े हो गये। आहट मिलते ही माथुर साहब ने पूछा, "कहिए वर्मा साहब, क्या हाल है।" वर्मा साहब ने सुमेरसिंह की शक की बात बतायी। माथुर साहब को

विश्वास नहीं हो रहा था कि प्रभूदास बदला लेने के लिए इस हद तक जा सकता था। फिर भी यह गम्भीर चिन्ता की बात थी। यह पता लगाना आवश्यक था कि गुप्त बैठक में क्या हुआ था और क्या साजिश की जा रही थी। उस तीसरे व्यक्ति का नाम-पता लगाना आवश्यक था। उन्होंने फौरन 'ला एण्ड आर्डर' की इमरजेण्ट मीटिंग जिलाधिकारी कैम्प बुलायी।

रघुवीर कटियार उर्फ रघु। गंगा घाट से दस कि० मी० दूर जनपद के सबसे पिछड़े 'गंगापार' क्षेत्र में बसे गाँव भड़पुरा का रहनेवाला था। गाँव के स्कूल में दो-तीन साल पढ़ने के बाद हेड मास्टर की पिटाई करने के जुर्म में वो निकाला गया तो ट्रक वाले ढाबे पर चाय के बर्तन धोने का काम करने लगा। इसके बाद उसने अपने गाँव की ओर मुँह नहीं किया। गाँव में था ही क्या। गरीब बाप जो दो वक्त की रोटी नहीं जुटा सकता था और चालीस साल की बीमार माँ। सारे दिन चाय के बर्तन धोने के बाद शाम को उसे खाना मिल जाता था। ढाबे पर तरह-तरह के ड्राइवरों से उसकी मुलाकात होती थी। तरह-तरह के किस्से-कहानियाँ सुनने को मिलते थे। बड़े-बड़े शहरों से गुजर कर जाने वाले ये ट्रक ड्राइवर अपने साथ ढेरों कहानियाँ रखते थे। इनकी कहानियों के हीरो अक्सर नामी गरामी लुटेरे, डाकुओं के सरगना हुआ करते थे। रघुवीर इन किस्से-कहानियों को सुनकर एक दिन खुद हीरो बनने के सपने संजोने लगा और एक दिन मौका निकालकर ट्रक पर चढ़कर बम्बई चला गया।

बम्बई जाकर रघुवीर ने ढाबों, चाय की दुकानों, फैक्ट्रियों में मजदूरी करके जीवन की शुरुआत की लेकिन चूँकि उस पर हीरो बनने का भूत सवार था, वह छोटी-मोटी चोरियाँ करने लगा और अपराध जगत में प्रवेश कर गया। उत्तर प्रदेश के छोटे-से गाँव से आया लड़का रघुवीर बम्बई महानगर की झोपड़पट्टियों में रघु उस्ताद के नाम से पहचाना जाने लगा। रघु उस्ताद का सितारा चमकने लगा और वो मालामाल हो गया। लेकिन चमकते

सितारे की गर्दिश में आने में ज्यादा समय नहीं लगता। रघु उस्ताद ने एक दिन शराब के नशे में अपने एक साथी को चाकू मारकर हत्या कर दी और बम्बई पुलिस की नजरों से बचने के लिए वापस अपने देश यानी गाँव लौट आया और यहाँ उसने अपना गैंग तैयार किया।

प्रभूदास के साथ हुई गुप्त बैठक के बाद उसका काम बिना रुकावट के हुआ था। अब उसे रात की तैयारी करनी थी। सायंकाल चार बजे वह भैंरों बाबा के खेमे की पिछली सरहद पर बनी एक झोपड़ी में कार्यरत था। उसने अपना सामान एक बार फिर देखा। शीशे की बनी गंगाजलियों में भरा दस लीटर मिट्टी का तेल। आतिशबाजी की दुकानों से खरीदी गयी आग जलानेवाली हण्टर। दो बोरे भरकर सूखा हुआ फूस। हाथ पर बँधी घड़ी पर नजर डाली, पाँच बज रहा था, उसका काम रात के आठ बजे शुरू होना था। उसने झोपड़ी में पड़े दरी-चादर के बिछौने पर पैर पसार लिये और आँखें बन्द कर झपकी लेने लगा।

जिलाधिकारी के कैम्प में बैठक शुरू हो चुकी थी। एस० पी० साहब मिस्टर शर्मा बोल रहे थे। "बात ये है कि कोई-न-कोई साजिश तो जरूर है। आखिर इतना बड़ा मेला है। इस समय भी मेले में चार-पाँच लाख की भीड़ होगी। अब मेले में कहीं भगदड़ ही हो जाये तो सैकड़ों आदमी मर जायेंगे। पुल पर से ही कोई नीचे गिर पड़े तो क्या हो।" "सर, पुलिस फोर्स तो हमने बहुत लगा रखा है। अभी कहीं से किसी वारदात की खबर तो नहीं आयी है, वैसे हमने अपने आदमी लगा रखे हैं। जैसे ही कोई खबर मिलेगी फौरन एक्शन लिया जायेगा...।" इन्स्पेक्टर मलिक ने अपने इन्स्पेक्टरवाले अन्दाज में उत्तर दिया।

"आपने अपने आदमी लगा रखे हैं यह तो सही बात है लेकिन मूल प्रश्न इस बात का है कि हमें तैयारी इस दुर्घटना से निपटने की करनी है जैसा कि शर्मा साहब अभी कह रहे थे। कुछ भी हो सकता है। भगदड़ स्टैम्पीड यानी भगदड़ भी हो सकती है। बस-ट्रक भी लोगों पर चढ़ सकता है कोई। नाव भी उलट सकती है। झूलने का चर्खा भी टूट सकता है।" माथुर साहब ने कहा।

"जी सर," मेला मजिस्ट्रेट ने हाँ में हाँ मिलते हुए कहा। माथुर साहब

के सामने वो इससे ज्यादा सुझाव देते भी नहा थ ।

"अब इन सब चीजों पर नजर रखी जाये । भगदड़ न मचे इसके लिए पुल पर फोर्स और ज्यादा लगा दीजिए । नाव दुर्घटना रोकने के लिए दोनों मोटरवोट ड्यूटी पर जमा कीजिए । इन मोटरवोटों पर एक-एक पुलिस वायरलेस भी होना चाहिए । वोट पर सेफ्टी वेल्ट रस्सा वगैरा भी होना चाहिए ।"

"सर, लेकिन नदी में पानी तो कुल तीन फीट ही है..." सी० ओ० साहब ने जिज्ञासा की ।

"लेकिन लोग तो चुल्लू भर पानी में भी डूबकर मर जाते हैं ।" मेला मजिस्ट्रेट ने उनकी जिज्ञासा शान्त करते हुए गम्भीर वातावरण को हल्का-फुल्का कर दिया ।

पुलिस अधीक्षक ने इन्स्पेक्टर मलिक को और सतर्कता बरतने के कड़े निर्देश दिये और इसके साथ ही 'ला एण्ड आर्डर' की अत्यन्त महत्त्वपूर्ण बैठक समाप्त हो गयी । बैठक में भाग लेनेवाले किसी भी अधिकारी को यह ख्याल तक नहीं आया कि गंगा घाट पर भगदड़ व नाव उलटने के अलावा कोई और भी दुर्घटना हो सकती है । फायर स्टेशन बनाया जरूर गया था लेकिन गंगा के तट पर आग लगाने की बात कोई सोच भी नहीं सकता था और पुल उड़ाना यह किसी विदेशों में या भारतवर्ष की पूर्वी सरहदों में भी सम्भावित था ।

चूंकि बैठक समाप्त होते-होते शाम के आठ बज चुके थे । सभी अधिकारीगण पण्डाल में अखिल भारतीय मुशायरा का आनन्द लेने के लिए चले गये । सांस्कृतिक कार्यक्रमों की श्रृंखला में यह आखिरी आयोजन था ।

मुशायरा शुरू होने के साथ-ही-साथ मेले में विचरण कर रहे कला और संगीत के प्रेमी भी पण्डाल की ओर चल दिये । रात्रिकालीन कार्यक्रमों में रुचि रखनेवाले अन्य लोग नौटंकी सरकस और डांस ड्रामा देखने के लिए मेले में मनोरंजन क्षेत्र में चले गये । गंगा नहानेवाले ग्रामीणों को चूंकि दूसरे दिन सुबह पाँच बजे ही उठना था इसलिए उनमें से भी ज्यादातर जहाँ जगह मिली, सोने की कोशिश करने लगे । ड्यूटी पर तैनात पुलिस और होमगार्ड

के जवान भी दिन भर की मशक्कत से थक गये थे और सुस्ता रहे थे। फायर ब्रिग्रेड के जवान सन्तुष्ट थे कि हमेशा की तरह उनकी सेवाओं की आवश्यकता आज भी नहीं पड़ेगी। निश्चिन्त थे और किसी भी मुसीबत से निपटने के लिए आत्मविश्वास से भरे हुए अपनी जगहों पर ऊँघ रहे थे।

ठीक रात के साढ़े-आठ बजे रघुवीर कटियार उर्फ रघु अपने बिछौने से उठा और कपड़े पहन तैयार हो गया। उसने अपनी साज-सज्जा के सामान पर एक बार फिर नजर डाली। गंगाजली की शीशियों में भरा दस लीटर मिट्टी का तेल, दो बोरों में भरा सूखा हुआ फूस, हण्टर माचिस की डिब्बी। उसने गंगाजली की शीशियों को काँवर पर लादा। हण्टर माचिस की तीली जेब में डाली और फूस का बोरा पीठ पर लादकर गंगा तट की ओर चल दिया। उसको देखकर कोई भी यही कह सकता था कि दूर दराज से आया श्रद्धालु गंगा जल भरने जा रहा है।

तट पर आकर रघु ने काँवर को उतारा और मेले की ओर पीठ करके बैठ गया। झोली से फूस निकालकर उसने मिट्टी के तेल से अच्छी तरह तर कर दिया और वापस झोले में रख लिया। इसके बाद जेब से माचिस निकालकर एक बड़े से दीये में तेल डालकर जलाया और दीया काँवर और झोला लेकर दूधाधारी बाबा के खेमे के पीछे की ओर चला। खेमे के पीछे झोपड़ियों की एक बड़ी कतार थी। बीच की पाँच झोपड़ियाँ उसने चुन ली और उनके नीचे फूस की ठेकियाँ पाँच-पाँच फीट की दूरी पर रख दीं। इनके ऊपर पच्चीस मीटर लम्बा बारूदी हण्टर बिछा दिया और हण्टर के सिरे को दीये की बत्ती को पिछले सिरे से जोड़ दिया और वह जमीन पर तेज कदमों से चलता हुआ अपनी झोंपड़ी की ओर चल दिया।

मुशायरा शुरू हो चुका था। शायरी की तरंगों में जनता डूबी हुई थी। माथुर साहब, शर्मा साहब, मेला मजिस्ट्रेट सब लोग पण्डाल में मौजूद थे। दूधाधारी बाबा से खेमे की झोपड़ी में लगी आग के बाद जो चीख-पुकार मची उसे कुछ देर तक तो ये लोग नौटंकी में लगे खरखरी आवाजवाले लाउडस्पीकरों का शोर समझे लेकिन इन्स्पेक्टर मलिक ने आकर सूचना दी कि झोपड़ी में आग लगी है। इतना सुनना था कि माथुर साहब अपनी स्तब्धता के ऊपर काबू पाते हुए मंच पर चढ़ गये। अब तक पण्डाल में भी खबर पहुँच चुकी थी। इससे पहले कि भगदड़ शुरू हो, उन्होंने माइक पर बोलना शुरू किया. "देखिए, किसी वजह से दो-तीन झोपड़ियों में आग लग गयी है लेकिन घबराने की कोई बात नहीं है। आप सब लोग शान्तिपूर्वक अपने घरों को जायें। हमें खेद है कि मुशायरा हमें समय से पहले समाप्त करना पड़ रहा है इसके लिए हम अपने शायर महानुभावों से भी मांफी माँगते हैं।"

शर्मा साहब ने सी० ओ० साहब को फायर स्टेशन रवाना कर दिया। तीन मजिस्ट्रेट और दो सी० ओ० जो कि सिर्फ मुशायरा देखने आये थे, फौरन 'ला एण्ड आर्डर' ड्यूटी पर तैनात कर दिये गये। कल्पवासी क्षेत्र को तीन सेक्टरों में बाँटकर ड्यूटी लगा दी गयी। इतनी प्रारम्भिक कार्यवाही करने के बाद माथुर साहब और शर्मा साहब पण्डाल से निकलकर बन्धे पर चढ़कर ऊँचे स्थान पर पहुँच गये। दूधाधारी बाबा का खेमा इस स्थान से दो फर्लांग की दूरी पर था। मेले की पाँच झोपड़ियाँ आग में धू-धू कर जल रही थीं। आसपास के सब कल्पवासी बाहर निकल आये थे। देखते-देखते आग ने पाँच-छः झोपड़ियों को और अपनी चपेट में ले लिया। सबसे आश्चर्य की बात यह थी कि यहाँ से फायर स्टेशन केवल सौ गज के फासले पर था लेकिन अभी तक दमकल यहाँ तक नहीं पहुँची थी। कुछ-न-कुछ गड़बड़ जरूर थीं। दोनों लोग फायर स्टेशन की ओर दौड़ पड़े।

फायर स्टेशन पर सी० ओ० साहब जूझ रहे थे। गाड़ी स्टार्ट हो चुकी थी लेकिन फायर स्टेशन के बाहर नहीं जा पा रही थी। इसके तीन पहिए बालू में फँस गये थे। इसके चल पाने की कोई उम्मीद न देख शर्मा साहब ने दूसरी गाड़ी स्टार्ट करने के लिए कहा, "सर, लेकिन इसमें पानी नहीं है"

सी० ओ० साहब ने जवाब दिया।

"तो जल्दी से भर लीजिए।"

"लेकिन सर, हाइडेण्ट नहीं है यहाँ।"

"क्या ?" शर्मा साहब के चेहरे पर पसीने की बूँदें उभर आयीं। गंगा के तट पर पानी की कमी हो सकती है। यह सोचा भी नहीं था कभी।

अब केवल एक ही चारा था कि हाथ की बाल्टियों से बालू और पानी। फायर ब्रिग्रेड के चालीस जवान व होमगार्ड और पुलिस के पचास जवानों को दस-दस की टुकड़ियों में बाँट दिया गया। आसपास के कैम्पों और कल्पवासियों की झोपड़ियों से साठ बाल्टियाँ इकट्ठी की गयीं। इन सब लोगों ने दूधाधारी बाबा के खेमे को चारों ओर से घेर लिया और आग पर पानी और बालू की मार शुरू कर दी। आग की चपेट में अब तक चालीस-पचास झोपड़ियाँ आ चुकी थीं।

सभी खेमों के कल्पवासी निकलकर बाहर आ गये थे। तमाशबीनों की भीड़ से आग बुझाने के काम में परेशानी हो रही थी। इन सबको किसी तरह से घेर-घारकर पण्डाल में ले जाया गया। इसी बीच माथुर साहब के पास बहादुरगढ़ का प्रधान सुमेरसिंह दौड़ता हुआ आया और कहा, "सरकार, यह बहुत बड़ी साजिश का नतीजा है।"

"तुम कैसे कह सकते हो ?" माथुर साहब ने पूछा। "अभी-अभी एक आदमी प्रभूदास के कैम्प से निकलकर भैंरों बाबा के खेमे की तरफ गया है।" सुमेरसिंह ने कहा। यह सुनकर माथुर साहब का माथा ठनका। फौरन इन्स्पेक्टर मलिक को बुलाकर कहा, "उस आदमी का पता करो।"

रघु अपना काम पूरा करके प्रभूदास के पास अपना भुगतान लेने गया था। उसे पता था कि दूसरे दिन मेला क्षेत्र में इतना हंगामा होगा कि प्रभूदास का मिलना सम्भव नहीं होगा। आग लगने की बात सुनकर प्रभूदास भी औपचारिकतावश जिलाधिकारी कैम्प की ओर जा रहा था कि रघु अन्दर आता हुआ दिखायी पड़ा। "अरे, इस समय आने की क्या जरूरत थी।" प्रभूदास ने रघु को कड़ी नजरों से घूरते हुए कहा।

"अभी बकाया दे दो, सुबह तुम नहीं मिलोगे।" रघु ने प्रभूदास को उतनी ही कड़ी नजरों से घूरते हुए कहा।

"अरे भई तो फिर आके ले लेना। इस समय कोई देख लेगा तो बवंडर हो जायेगा।"

लेकिन रघु माना नहीं। प्रभूदास का रास्ता रोककर खड़ा हो गया। "ले कम्बख्त, दफा हो," प्रभूदास ने नोटों की एक गड्डी रघु को थमाते हुए कहा।

रघु अपनी बकाया रकम लेकर जैसे ही प्रभूदास के कैम्प से निकलकर बाजार की ओर मुड़ा, उसे लगा कोई उसका पीछा कर रहा है। उसने अपनी चाल तेज की। बाजार की ओर जाने में खतरा था। वह भैंरों बाबा के कैम्प की तरफ मुड़ गया। इन्स्पेक्टर मलिक और सुमेरसिंह भी बीस कदम की दूरी पर उसके पीछे हो लिये। खतरा सिर पर आया जानकर रघु ने भागना शुरू कर दिया। इन्स्पेक्टर मलिक ने भी कदम-से-कदम मिलाया। भैंरों बाबा के खेमों की झोपड़ियों के पीछे की भूल-भुलैया में लुकाछिपी का खेल करीब दस मिनट तक चलता रहा लेकिन रघु हार गया। अँधेरे में उसका पैर एक बड़े गड्ढे में फँस गया और वह मुँह के बल धड़ाम से जा गिरा। उसकी जेब से निकलकर कुछ नोट आसपास बिखर गये। यह वही गड्ढा था जिसे एक दिन पहले रामसनेही ने कमली के गहने ढूँढ़ने के लिए व्यर्थ ही खोदा था। इन गड्ढे में फँसकर रघुवीर कटियार उर्फ रघु की किस्मत धोखा दे गयी और इन्स्पेक्टर मलिक ने उसे धर दबोचा।

दूधाधारी बाबा के खेमे के चारों ओर 'आग बुझाओ' अभियान चल रहा था। फायर ब्रिग्रेड के जवानों, होमगार्डों के साथ-साथ सैकड़ों कल्पवासी भी हाथ में भर-भर कर बालू जलती हुई झोपड़ियों में फेंक रहे थे। उनकी हिम्मत बढ़ाने के लिए दूधाधारी बाबा भी खुद आकर खड़े हो गये—'हर-हर महादेव' और 'गंगा मइया की जय' के नारों के साथ बालू और पानी की बौछार आग पर पड़ने लगी।

दूधाधारी बाबा के खेमे के सब लोग बाहर निकल आये थे। झोपड़ियों

का कुछ सामान तो बाहर निकल आया था लेकिन काफी कुछ अन्दर रह गया था।

बालू गीली थी। इसलिए उसके फेंकने में परेशानी हो रही थी लेकिन पानी की कमी नहीं थी। तीन हाथ गड्ढा खोदने पर पानी निकल रहा था। छोटे-छोटे कुएँ-से बन गये थे। पण्डाल में भीड़ इकट्ठी थी। मेला मजिस्ट्रेट, एस० पी० साहब और माथुर साहब लोगों को सान्त्वना दे रहे थे फिर भी पण्डाल में अव्यवस्था फैली हुई थी। मंच जिस पर अभी तक शायरगण विराजमान थे, कल्पवासियों और बाबाओं ने कब्जा कर लिया था। वहाँ भी बाबाओं ने उच्च स्थान बना लिया था और कल्पवासी उनसे दूर खड़े होकर सिर नवा रहे थे। कुछ कल्पवासियों ने माथुर साहब को चारों ओर से घेर लिया था और वे सब सरकारी सहायता माँग रहे थे। माथुर साहब भी आश्वासन पर आश्वासन दिये जा रहे थे।

मौका पाकर भैंरों बाबा भी पण्डाल में आ पहुँचे थे। वे मंच पर नहीं गये। उन्होंने अपना डेरा पण्डाल के दूसरे कोने में जमा लिया। उनके समर्थकों व चेलों ने उनको चारों ओर से घेर लिया। भैंरों बाबा ने मेला समिति की धुआँधार आलोचना करना शुरू कर दी। "हमने कहा था कि पतित पावनी गंगा मइया को प्रदूषित न करो लेकिन आज धर्माधिकारियों की कोई सुनता ही नहीं है। हर वस्तु व्यापार में बदल गयी है। गंगा तट पर नाच-गाना, नौटंकी, अण्डा-गोश्त, हे शिवशंकर भोलेनाथ, सत्यानाश-सवा सत्यानाश। बम भोलेनाथ ने क्रुद्ध होकर तीसरी आँख खोली है। ताण्डव हो रहा है, विनाश की लीला हो रही है। प्रायश्चित करना होगा, कठोर प्रायश्चित।"

"बात तो ठीक ही कह रहे हैं बाबाजी !" बाबाजी का चेलों ने समर्थन शुरू किया और वातावरण प्रशासन विरोधी हो चला। इस बीच सूचना विभाग की गाड़ी में भरकर एक दर्जन पत्रकार पण्डाल में आ पहुँचे। सबसे पहले उन्होंने भैंरों बाबा से बातचीत की और इस भयंकर दुर्घटना पर उनके विचार जाने। उसके बाद उन्होंने कुछ दुखी कल्पवासियों का साक्षात्कार किया। इसके बाद वे माथुर साहब के पास पहुँचे और प्रश्नों की बौछार शुरू कर दी—

"कितने आदमी मर चुके हैं अभी तक ?"

"हमारे पास अभी कोई मृत्यु की रिपोर्ट नहीं आयी ।"

"कुछ जानवर इत्यादि—गाय-भैंसें ।"

"नहीं, इसकी भी कोई रिपोर्ट नहीं है ।"

"कितनी सम्पत्ति का नुकसान हुआ है ।"

'अभी कोई सर्वे नहीं हुआ है ।"

"फिर भी अन्दाजन ।"

"अभी अन्दाजा लगाया नहीं जा सकता ।"

"हमारे हिसाब से कई लाख का नुकसान हुआ है ।"

"नहीं, इतना नहीं हुआ है ।"

"यह आग अपने आप लगी या लगायी गयी ?"

"यह तो पुलिस तहकीकात के बाद ही पता चलेगा ।"

"अभी तक कोई अरेस्ट हुआ ।"

"नाट टू माई नालिज ।"

"कुछ लोगों का कहना है कि यह गंगा तट पर प्रदूषण के कारण दैवी प्रकोप हुआ है ।"

"ऐसा कौन कहता है ।"

"बहुत लोग कह रहे हैं जैसे भैंरों बाबा ही ।"

"यह उनका अपना मत है ।"

"यह आग कब तक बुझने की उम्मीद है ।"

"प्रयास जारी है, शीघ्र ही बुझ जायेगी ।"

"यह जो करोड़ों रुपये का गरीब जनता का नुकसान हुआ है । उनको सरकार कुछ सहायता देगी ?"

"जो आपदा की श्रेणी में आयेगे उनको दी जायेगी ।"

"या कुछ सरकारी कर्मचारियों के खिलाफ भी एक्शन होगा ।"

"अगर गलती पायी गयी तो किसी को बख्शा नहीं जायेगा ।"

"क्या मेला अगले वर्ष फिर लगने की उम्मीद है !"

"इट इज टू अरली ।"

"नमस्कार ।"

"नमस्कार।"

इसके बाद पत्रकार बन्धु मौका मुआयना के लिए चल दिये। कल्पवासी फिर माथुर साहब के चारों ओर इकट्ठे हो गये और शोरगुल करने लगे।

आग लगने का समाचार पूरे मेले में आग की तरह फैल गया था। आनन-फानन में बड़े बिजली से चलनेवाले झूले खाली हो गये। नौटंकी में नाच-गाना बन्द हो गया और सरकश का शो भी समय से पहले बन्द कर दिया गया। तरह-तरह की अफवाहें फैल रही थीं। किसी ने कहा कि पूरा कल्पवासी क्षेत्र जलकर राख हो गया। किसी ने खबर सुनी थी कि 40 नागा बाबा आग में भुन गये। कोई कह रहा था कि मेला में जिलाधिकारी खुद आग में फँस गये थे। आग लगने के कारण के बारे में भी कई तरह के अनुमान हवा में घूम रहे थे। एक बुद्धिजीवी के अनुसार इस अप्रत्याशित अग्निकाण्ड के पीछे किसी अवधूत की आत्मा थी। यह अवधूत आज से 20 साल पहले गंगा तट पर आत्मदाह कर मर गया था। दूसरा अनुमान एक आध्यात्मिक भावना के व्यक्ति ने लगाया। उसके अनुसार हो न हो, यह गंगा माँ का प्रकोप था। किसी दुष्ट आत्मा के विरुद्ध।

शहर के डिग्री कालेज के प्रिंसिपल साहब जो उस दिन मुशायरे का आनन्द लेने के लिए आये हुए थे, ने अनुभान लगाया था कि कोई विदेशी ताकत मेले में अव्यवस्था फैलाकर पूरे देश में साम्प्रदायिक तनाव पैदा करना चाहती थी।

विभिन्न प्रकार के अनुमान लगाते हुए यह लोग पण्डाल की ओर जा रहे थे। गंगा पुल के ऊपर भी इस समय ठसाठस भीड़ जमा थी। पुल से आग और उस पर काबू पाने का दृश्य देखने के लिए लोग एक-दूसरे के सिर पर चढ़े जा रहे थे। शहरवासी भी बसों और कारों, स्कूटरों में बैठकर मेले में आगजनी का अद्भुत दृश्य देखने के लिए जा रहे थे। गंगा नहान से ज्यादा आगजनी में लोगों की दिलचस्पी थी। माथुर साहब और पुलिस अधिकारियों को जैसे-जैसे बढ़ती भीड़ की खबर मिल रही थी, उनके माथे पर पसीने की बूंदें बढ़ती जा रही थीं।

एस० पी० यानि पुलिस अधीक्षक शर्मा साहब भारतीय पुलिस सेवा में

दस वर्ष पूर्व अखिल भारतीय सेवा आयोग की लिखित परीक्षा पास करके चक्रव्यूह को भेदकर अपने वृद्ध माता-पिता की हार्दिक इच्छा पूर्ण करके आए थे। इसके बाद उनका दो वर्ष का बड़ा परीक्षण कार्यक्रम केन्द्रीय पुलिस अकादमी हैदराबाद में हुआ। इस परीक्षण में उन्हें पुलिस प्रशासन की सारी व्यवस्था को समझाया गया था। हिन्दुस्तान में आज भी सारा प्रशासन पुलिस की सहायता पर निर्भर है। पुलिस प्रशासन के बिना प्रशासन बैठ जाता है। हिन्दुस्तान में लोगों में अनुशासन की कमी है। अनपढ़, गंवार जनता को समझाना भी कठिन है। इसके अलावा चोर-उचक्कों व लुटेरों की ग्रामीण क्षेत्र में भरमार है। पुलिस अफसर के कन्धों पर ही सारा भार होता है। आपको दिन-रात जागते रहना होगा और गरीब लोगों की हिफाजत करनी होगी···शर्मा जी को अपने डायरेक्टर की बात अक्सर याद आती रहती थी और नौकरी की शुरूआत के सालों में तो यों कभी अपने सपनों में भी डायरेक्टर साहब का लेक्चर सुनते रहते थे।

भीड़ जब किसी जुलूस के रूप में जा रही थी तो यह अवश्य ही ध्यान रखा जाय कि उसके आने के रास्ते तो पुलिस दल द्वारा बन्द नहीं कर दिए गए हैं। जुलूस के दायें-बायें, लोहे के टोप पहनकर लाठी व ढाल से लैस पुलिस बल तैनात करना चाहिए लेकिन इस पुलिस बल को ड्यूटी पर तैनात करने से पहले पूरी तरह से ब्रीफ करना चाहिए ताकि कोई दुर्घटना न हो। जब बल का प्रयोग हो तो उससे पहले भीड़ को चेतावनी देना आवश्यक है। पुलिस गाड़ियों पर माइक का प्रबन्ध होना चाहिए। माइक पर किसी जिम्मेदार पुलिस अधिकारी द्वारा भीड़ को चेतावनी देने के लिए चेतावनी देनी चाहिए। शर्मा जी को याद आया कि लगातार पाँच वर्ष तक 'ला एण्ड आर्डर' पर रिसर्च करने के पश्चात एक उच्च पुलिस अधिकारी ने पुलिस एकेडमी में लेक्चर दिया था।

इसी विशेषज्ञ ने बताया था कि "पुलिस बल जब भीड़ की ओर बढ़े और बल प्रयोग करे तो इस प्रकार करें कि भीड़ के छंटने में कोई असुविधा न हो। साथ ही पुलिस बल भी चारों ओर से घिर न जाए। इसको सुनिश्चित करने के लिए जुलूस के पूरे रूट का दौरा एक दिन पहले करना आवश्यक होगा। रिहर्सल भी समय-समय पर करना चाहिए। जब भीड़

ग्रामीणों की न होकर पढ़े-लिखे लोगों की हो जैसे कि वकील, विद्यार्थी, डाक्टर, तब भी अधिक सूझ-बूझ से काम लेने की आवश्यकता है। लोगों को पहले बातचीत द्वारा समझाना चाहिए और पुलिस बल को संयम बरतना चाहिए।" विशेषज्ञों का कहना था।

शर्मा साहब ने इस समय अपने पुलिस बल पर एक निगाह डाली। इस समय भीड़ का न तो आगे का हिस्सा था न पीछे का और न ही अगल-बगल कोई जगह थी। डियूटी पर तैनात सिपाहियों के सिर पर न तो लोहे के टोप थे और न ही ढाल। अथाह भीड़ में पुलिस के सिपाही और होमगार्ड के जवान लगभग डूबे हुए थे। यदि इसमें भीड़ अनियंत्रित होती तो भगदड़ मच जाती और वे पुलिस विशेषज्ञों के अनुभवों का लाभ बिल्कुल भी नहीं उठा पाते।

अपनी दस वर्ष की सरकारी नौकरी में एक बात उन्हें पता लग चुकी भी। पुलिस के सिपाही को भीड़ केवल भीड़ ही नजर आती थी उसमें फर्क करना उसके वश का नहीं था और हो भी कैसे सकता था। ट्रेनिंग के नाम पर सिपाहियों को सुबह से शाम तक कवायद और पीटी कराई जाती थी। कई बार यह भी सम्भव नहीं हो पाता था और सिपाहियों को सीधे ही ड्यूटी पर भेज दिया जाता था। कानून के ज्ञान के नाम पर शायद ही कुछ पढ़ाया जाता हो।

अक्सर शर्मा जी सोचते थे कि सिपाहियों को कानून पढ़ाया जाना चाहिए या नहीं। कुछ जगह उनका अनुभव रहा था कि ज्यादा पढ़े-लिखे और विशेषकर कानून पढ़े-लिखे पुलिस के जवान भीड़ नियंत्रण में बिल्कुल नाकारा साबित होते हैं। अगर लातों के भूतों से बात की जाए तो असर उल्टा होता है और पढ़े-लिखे सिपाही बातें करने की कोशिश करते थे और भीड़ को खदेड़ने की बजाय भीड़ उन्हें खदेड़ने लगती थी।

लेकिन इस समय भीड़ को नियन्त्रित करने का उन्हें कोई चारा नजर नहीं आ रहा था। उनकी नजरें अनायास ही आकाश की ओर उठ रही थीं और मुंह से निकला 'रक्षा करो बम भोलेनाथ।'

"अरे मैं क्या करूँ। सब पैसे का खेल है। मुझे तो एक कारीगर समझो। काम दिया गया, काम कर दिया। झोपड़ी में आग लगाने का काम दिया गया था, कर दिया हमने। हमें करना ही था। जो पैसा देगा काम करायेगा। हम किसी को मारने नहीं आए। काम सिवाय मिट्टी का तेल छिड़कना और दियासलाई दिखाने-भर का काम, बस उतना ही किया है ज्यादा नहीं न कम। पाँच हजार की बात हुई थी, साढ़े-चार हजार मिला है अब तक।"

रघुवीरसिंह इन्स्पेक्टर मलिक के सामने बैठा अपना बयान लिखा रहा था। थोड़ी बहुत ही पिटाई के बाद उसने इतना कुछ उगल दिया था। इन्स्पेक्टर ने बयान लिखना करीब खत्म कर दिया था। उसने कलम बन्द करके रघुवीरसिंह की ओर देखा। उसे लगा, रघुवीरसिंह अपने बयान से काफी सन्तुष्ट नजर आ रहा था। उसकी आँखों में हारे हुए व्यक्ति की निराशा थी, एक अजीब-सी चमक अब भी बाकी थी जैसे कि वह कुछ और जानता हो, जैसे कि वह मन ही मन सोच रहा हो कि जीत उसकी ही है।

इन्स्पेक्टर मलिक ने रघुवीरसिंह उर्फ रघु का कालर पकड़कर स्टूल से उठाया और जमीन पर पटक दिया, "और क्या-क्या इन्तजाम किया है मेले में मौत का, बता।"

"सब बता दिया है, और कुछ नहीं।"

"बता हरामजादे, कुछ छुपा रहा है अभी।" आधे घण्टे की मेहनत के बाद इन्स्पेक्टर मलिक को ज्यों पता लगा उससे उसके रोंगटे खड़े हो गए। उसने फौरन रघुवीरसिंह को अपने एक सिपाही के सुपुर्द किया और पुलिस अधीक्षक शर्मा साहब के पास दौड़ गया। सर्दी की रात में तीन बजे भी उसे पसीना चू रहा था।

"ओह माई गाड, माई गाड," शर्मा साहब के मुंह से यही शब्द निकले जब इन्स्पेक्टर मलिक ने उन्हें खबर दी कि गंगा पुल पर रघुवीरसिंह उर्फ रघु ने एक टाइम बम लगा दिया था जो घड़ी में सुबह के चार बजने का इन्तजार कर रहा था।

"भाई साहब, जरा इधर आइए," शर्मा साहब ने माथुर साहब को कल्पवासियों के घेरे में से निकालकर एक ओर ले जाते हुए कहा।

"टाइम बम लगा है गंगा पुल पर", बिना समय सोते हुए भी।

"अरे यार, मजाक मत करो", माथुर साहब को विश्वास होने का प्रश्न ही नहीं था।

"मजाक नहीं, पक्की सूचना है, देखिए ये मलिक कह रहा है।" शर्मा साहब ने इन्स्पेक्टर मलिक को आगे कर दिया। इन्स्पेक्टर मलिक की बात पूरी होते-होते माथुर साहब को पसीना आ गया। उसकी आँखों के सामने एक भयानक दृश्य कौंध गया। टूटा हुआ पुल, नदी में पड़ी छत-विक्षत लाशें, चीखते-पुकारते स्त्री-बच्चे, बूढ़े-जवान।

"नहीं, यह नहीं हो सकता," अनायास ही उसके मुंह से निकल गया लेकिन सच यह था कि यह हो सकता था और वह भी अब से केवल पैंतालीस मिनट के बाद। तीन बजकर पन्द्रह मिनट हो चुके थे।

इन लोगों के लिए झोपड़ी में लगी आग महत्वहीन हो चुकी थी। वैसे भी उस पर काफी कुछ काबू पा लिया गया था। अब केवल एक ही अंदेशा था, एक ही चुनौती, उस टाइम बम को फटने से पहले बेअसर कर देने की।

क्या होगा? कैसे होगा? कौन करेगा? यही सब बातें माथुर साहब के दिमाग में बिजली की तेजी से घूम रही थीं। ऐसी समस्या के बारे में पूर्वानुभव अभ्यास उनके पास नहीं था, न उसने, न सरकार ने कभी इसकी जरूरत समझी, वह जिला मजिस्ट्रेट थे। जिले में शान्ति-व्यवस्था बनाए रखना उनकी जिम्मेदारी थी क्योंकि इस जनपद में पिछले डेढ़ सौ वर्षों से सभी जिला मजिस्ट्रेट अपनी यह जिम्मेदारी बखूबी निभाते चले आ रहे थे। अगर वह नहीं निभा पाए तो उनकी प्रशासनिक अक्षमता होगी।

कानून जब बना तो उसमें लाठी, डण्डा, बन्दूक, ईंट, पत्थरों तक ही लिखने वालों के दिमागी घोड़े पहुंचे। स्टेनगन और बम उनके ख्यालों की पहुँच से परे रहे। कानून में यह तो लिखा था कि मजिस्ट्रेट पुलिस के सिपाही से कहेगा "गोली चला" लेकिन उसके आगे क्या होगा, यह नहीं क्योंकि यह माना जाता था कि गोली चलाने का आदेश देने के बाद दंगे-फसाद रुक जाएंगे और समस्याएं जमीन के सैकड़ों फीट नीचे हमेशा के लिए दफन हो जाएंगी।

कानून के बनाने वालों ने बम के बारे में कुछ नहीं लिखा था। माथुर

साहब को याद आया कि आज से कुछ वर्ष पूर्व प्रशिक्षण के दौरान एक दिन दस मिनट के लिए बम के बारे में बताया गया था कि वह क्या होता है और दूसरे विश्व युद्ध में हीरोशिमा और नागासाकी पर क्यों गिराया गया था। इसके बाद माथुर साहब का बम का शान्ति-व्यवस्था का पुलिस का कोई सरोकार नौकरी के आगामी पाँच वर्ष तक नहीं रहा। एक वर्ष दूध की डेरी में, एक वर्ष सचिवालय में, दो वर्ष खाद्य विभाग में और एक वर्ष विकास विभाग में। फिर अचानक उन्हें जिला मजिस्ट्रेट वना दिया गया। शान्ति-व्यवस्था का इंचार्ज और अब यह बम।

शर्मा जी भी कम परेशान नहीं थे। वैसे भी उनके पास परेशानियों का कम भण्डार नहीं था। उनके लगातार अनुरोध के बावजूद जनपद से पुलिस बल दूसरे बड़े नगरों में भेज दिया गया था। पुलिस विशेषज्ञों के नाम पर उनके पास कुछ नहीं था। हत्या हो, डकैती हो, जिनकी कोई कमी नहीं थी, सुराग का पता लगाने के लिए कुत्ते डेढ़-सौ मील दूर से मंगाने पड़ते थे। ट्रक, बस एक्सीडेंट के मामलों में क्रेन की आवश्यकता अक्सर पड़ती थी लेकिन पूरे जनपद में किसी सरकारी विभाग या कम्पनी के पास क्रेन नहीं थी।

"बस या ट्रक को रस्सों से बाँधकर सौ-डेढ़ सौ आदमियों को लगाकर 'हई आ' का नारा लगवाकर ही उठवाया जाता था।

बम 'डिस्पोजल स्क्वाड' न था और अगले दस-पाँच वर्षों में होने की उम्मीद भी नहीं थी। बम फ्यूज कैसे होगा, यह एक विकट समस्या थी। शर्मा जी सिर पकड़े हुए कैम्प में बैठे हुए थे। माथुर साहब कमरे में बेचैनी से चहलकदमी कर रहे थे। इन्स्पेक्टर मलिक हाथ पीछे के पीछे बाँधे हुए अर्ध सावधान मुद्रा में खड़ा था।

"क्या कोई भी आदमी नहीं है शर्मा साहब, जो बम डिफ्यूज करना जानता हो।" माथुर साहब ने तीसरी बार पुलिस अधीक्षक से पूछा।

"न न न," शर्मा साहब का फिर यही जवाब था। "लेकिन इसका

इन्तजाम तो पुलिस के पास होना ही चाहिए। आजकल टैरोरिज्म के इतने एक्सीडेंट होते हैं," और माथुर साहब ने माथे की लकीरों को गहराते हुए कहा।

"कई बार हेड क्वार्टर लिख चुके हैं, कुछ होता ही नहीं है।" शर्मा साहब ने सही बात बताई।

"लेकिन बम तो डिफ्यूज करना ही पड़ेगा वरना आप जानते हैं क्या होगा।" माथुर साहब बोले।

"वह तो ठीक ही है लेकिन हमारा कोई सिपाही, इन्स्पेक्टर इस काम को हाथ नहीं लगाना चाहता। हर आदमी कहता है कि बम फट गया तो बे-मौत मारा जाएगा। हम कैसे किसी को मौत के मुंह में झोंक दें।" वर्मा जी के माथे पर सिकन गहरा गई थी।

"लेकिन अब तो सरकार मुआवजा भी देती है।" माथुर साहब ने बढ़ती हुई उत्तेजना में कहा। कहते ही उसके दिमाग के किसी कोने ने कहा कि जो कहा ठीक नहीं कहा लेकिन बात मुंह से निकल चुकी थी।

"अरे मुआवजे को लेकर क्या पियेंगे, जब जान ही चली जाएगी।" शर्मा साहब भी उत्तेजित हो चुके थे।

"और अगर बम डिफ्यूज नहीं हुआ तो सैकड़ों आदमी मर जाएंगे।" माथुर साहब अब उत्तेजना की चरम सीमा पर थे।

इन्स्पेक्टर मलिक चुपचाप खड़ा इन दोनों अफसरों की मानसिक यातना को देख रहा था। उसे लगा कि उसने अब हस्तक्षेप न किया तो बाहर हो जाएगा।

"सर, अगर आज्ञा हो तो मैं कुछ निवेदन करूँ।" उसने माथुर साहब को सम्बोधित करते हुए कहा।

"बताओ-बताओ, जल्दी बताओ।"

"सर, ये रघुवीरसिंह का लगाया हुआ बम है। अगर इसे लगाना आता है तो अलग करना भी आता होगा। इजाजत दें तो मैं उसे यहाँ ले आऊँ।" इन्स्पेक्टर मलिक बोला।

यह बात माथुर और शर्मा साहब दोनों की आँखों के सामने बिजली की तरह कौंध गई। अब उन्हें अपनी गलती महसूस हुई। "नेवर लूज टैम्पर

इन टाइम्स आफ क्राइसिस" अकादमी के फाउण्डेशन कोर्स में दोनों को यही पढ़ाया गया था और दोनों इसे भूल गए थे। इन्स्पेक्टर मलिक रघुवीरसिंह कटियार उर्फ रघु नामक अर्धमृत मानव को जीप में लादकर ले आया और उसे कैम्प में जमीन पर पटक दिया।

"यही वह बदमाश है सर, जिसने बम लगाया है।" इन्स्पेक्टर मलिक ने कहा।

रघु को देखते ही शर्मा साहब की नसों में तनाव बढ़ गया। आँखों में खून उतर आया और उनके अन्दर का पुलिस अधिकारी पूरी चुस्ती में जाग उठा।

शर्मा साहब नये कदमों से सोफे से उठे और इन्स्पेक्टर मलिक की कमर में बँधे होल्डर से पिस्तौल निकालकर उसके घोड़े पर उँगली रखी। घुटने के बल रघु के पास बैठकर उसकी कनपटी पर पिस्तौल की नली लगाकर शर्मा साहब ठंडी आवाज में बोले, "देख बे ससुरे, अगर तूने अपना लगाया हुआ बम अभी इसी वक्त नहीं हटाया तो मैं तुझे गोली से उड़ा दूंगा।"

रघुवीरसिंह कटियार की समझ में पूरी तरह से आ गया कि अब उसके बचने का कोई रास्ता नहीं था। उसने सही-सही कहने में ही अपनी खैर समझी।

"कप्तान साहब, बम लगाना तो हमने सीख लिया था, बम अलग करने की नौबत नहीं आयी अब तक। फिर भी आप कह रहे हैं तो कोशिश कर लेंगे।"

आशा की इस किरण के खिलते ही रणनीति बनाने में देर नहीं लगी। सबसे पहले तो पुल को खाली करना था। नहान के लिए आने वालों को शहर की ओर से गंगा तट तक आने वाले कच्चे रास्ते पर डायवर्ट करना था। गंगा पुल पर आवागमन रोकने के लिए भी कोई बहाना नहीं था। बम वाली बात से भगदड़ मच जाने की आशंका थी। भीड़ से ठसाठस भरे पुल पर भगदड़ मच जाना बम फट जाने से कम खतरनाक नहीं था।

ट्रैफिक डाइवरजन कहने के लिए सी० ओ० साहब और मेला मजिस्ट्रेट जीप में बैठकर शहर से बैठकर आने वाले चौराहे की ओर चल दिए। आधा किमी० की दूरी तय करने में पाँच मिनट लग गए। इस समय पुल पर जीप

चलना तो दूर, पैदल चलना भी दूभर था। पुल के पास बने पी० डब्ल्यू० डी० के बैरियर को बन्द कर दिया गया था।

पुल का रास्ता बन्द करने के साथ ही लोगों ने पूछना शुरू किया। "क्या बात है, रास्ता क्यों बन्द कर दिया गया। क्या पुल टूटने वाला है। सुना है उसके लम्बे खम्बे में बड़ी दरार पड़ गई है। तब तो बहुत लोग मर जाने की आशंका है।" खीझकर मेला मजिस्ट्रेट ने रेडियोसेट पर पूछा, "सर, क्या कह दें।" "कह दो, भैंरों बाबा ने भविष्यवाणी की है कि पुल पर होकर जाने से गंगा नहान का पुण्य नहीं मिलता।" माथुर साहब को और कुछ नहीं सूझा। लेकिन यह बहाना काम कर गया। लोग बिना पूछताछ के दूसरे रास्ते से गंगा तट पर जाने लगे। सुबह के तीन बजकर तीस मिनट।

रामसनेही अपनी झोपड़ी के आगे खड़ा हुआ आग बुझाने का नजारा देख रहा था। कमली तो गहने जाने के बाद से जैसे बिलकुल बेजान हो गई थी। आग लगने की वजह से चारों ओर हंगामा मचा हुआ था लेकिन वो चुपचाप गुमसुम जमीन पर बैठी थी। ये दोनों कब के अपने गाँव वापस चले गये होते लेकिन आखिरी दिन गंगा नहाना आवश्यक था। बिना नहाये जाने से पाप लगता जिसको वो जिन्दगी भर नहीं धो पाते।

झोपड़ियों की आग तो बुझ चुकी थी लेकिन इस समय पुल के ऊपर अजीब शोर-शराबा मच रहा था। पुल पर होमगार्ड और पुलिस के सिपाही लोगों को जबर्दस्ती बन्धे की ओर हाँक रहे थे। नहान शुरू होने में अभी समय था लेकिन पुलिस के खदेड़े जाने की वजह से मेले में भीड़ एकदम बढ़ गई थी। रेलों के रेले बन्धे से उतरकर गंगा तट की ओर बढ़ रहे थे। कल्प-वासियों और अधिकारियों के कैम्पों के बीचोंबीच बनी अस्सी फीट चौड़ी सड़क पूरी तरह से भर चुकी थी। दोनों ओर लगे बाँस-बल्लियों पर जोर बढ़ता जा रहा था। वैसे भी लगातार बीस दिन तक चलते-फिरते दर्शना-र्थियों के प्रहार को झेलने की वजह से अधिकतर रस्सियों के जोड़ ढीले पड़

चुके थे।

पुल पर से लोग हटने में आनाकानी कर रहे थे। तभी माइक पर घोषणा की गई, "अभी-अभी मिली सूचना के अनुसार ग्रहों की स्थिति बदल गई और नहान का समय शुरू हो चुका है।" इस घोषणा के बाद अचानक स्नानार्थियों का रेला गंगा पुल से गंगा तट की ओर तेजी से बढ़ा। सड़क पहले से ही लबालब भरी हुई थी। सड़क के किनारे लगी बल्लियों की रस्सियाँ इस झोंके को न झेल पायीं और टूट-टूटकर बिखर गईं। भीड़ अब सड़क के किनारे तोड़कर आस-पास के खेमों में और कल्पवासियों की झोपड़ियों के इर्द-गिर्द होकर जाने लगी।

रामसनेही ने अपना सामान उठाकर गठरी में बाँधना शुरू कर दिया। कमली से बोला, "चल री उठ, जल्दी कर। जो होना था हो चुका। अब जल्दी से सामान नहीं बाँधा तो रहा-सहा भी जाता रहेगा। उठ, जल्दी कर।"

दोनों ने अपने सोने-पहनने के कपड़े गठरी में बाँधे। खाने के बर्तन झोपड़ी के सामने चबूतरे पर पड़े हुए थे। कमली उन्हें बटोरने के लिए उठी ही थी कि चार कटोरियाँ, दो थालियाँ और एक परात, कई जोड़ी पैरों के नीचे दबकर चपटी होकर बालू में धँस गईं और उसके हाथ कुछ नहीं आया। इसके बाद भीड़ के रेले ने उसकी झोपड़ी को भी रौंद दिया। कमली और रामसनेही गंगा माँ के भक्त, सैंकड़ों देवी-देवताओं की दया पर जाने वाले सीधे-साधे भारतीय ग्रामीण इसको भी अपनी किस्मत मानकर गठरी सिर पर उठाकर भीड़ के साथ गंगा तट की ओर चल दिये।

इन्स्पेक्टर मलिक रघु को लेकर पुल के मुहाने पर पहुँच चुका था। पुल के इस हिस्से के चारों ओर पुलिस का घेरा डाल दिया गया था। टार्च की रोशनी में बिजली के खम्बे के नीचे लगा काला नक्शा दिखाई दे चुका था। बम डिफ्यूज करने से पहले यहाँ बालू के भरे बोरे लगाये जाने चाहिए थे लेकिन न तो इसका समय ही था और न ही कोई साधन। बोरे नहीं थे और बोरों को भरकर ऊपर तक लाने का समय भी नहीं था। समय तीन बजकर पैंतीस मिनट हो चुका था। पुल पर से भीड़ छँट चुकी थी लेकिन फिर भी कुछ आदमी मौजूद थे। आदेश यह थे कि भीड़ पूरी तरह से छँटने के बाद

ही बम डिफ्यूज करने का प्रयास किया जाये ताकि बम फटने की स्थिति में आस-पास कम से कम लोग हों।

पुल के आगे चौराहे पर सी० ओ० साहब और मेला मजिस्ट्रेट बराबर ट्रैफिक डाइवर्ट कर रहे थे। "गंगा मइया की जय" का नारा लगाते हुए यह भीड़ मौत के भयानक खतरे से बेखबर गंगा तट की ओर बढ़ी जा रही थी। इधर प्रशासक और पुलिस अधीक्षक शर्मा साहब दोनों ही पुल के ऊपर आ गये थे और खुद खड़े होकर बचे-खुचे लोगों को पुल पर से नीचे भेज रहे थे। बार-बार प्रशासक की नजर अपनी कलाई की घड़ी पर जाती थी। लगता था इस समय यह सुई कुछ ज्यादा तेजी से चल रही थी। क्या करूँ, रोक दें, उससे क्या होने वाला था। विनाश की घड़ी नजदीक आ रही थी। देखते-ही-देखते घड़ी ने तीन चालीस बजा दिये। अब एक भी क्षण नहीं खोया जा सकता था। शर्मा साहब और माथुर साहब दोनों तेज कदमों से चलते हुए वहाँ पहुँच गये जहाँ रघुवीरसिंह कटियार बम डिफ्यूज करने में लगा था।

रघुवीरसिंह ने बिजली के खम्बे के नीचे रखे काले बक्शे के ऊपर से मिट्टी हटाई। उसके कुण्डे में फँसे तार को हल्के से घुमाकर खोला फिर काले डिब्बे के ढक्कन को उसने पलट दिया। ढक्कन को पलटते ही डिब्बे के अन्दर रखी डाइनामाइट की स्टिक्स की दो बण्डल बीच में रखा 'टाइगर' यानि टाइम बम की घड़ी और उसके बगल में रखी छः बोल्ट की बैटरी नजर आने लगी। बैटरी बिजली के खम्बे से आ रहे तारों से चार्ज हो चुकी थी क्योंकि उसके ऊपर लगा छोटा लाल बल्ब टिमटिमा रहा था। टाइगर में समय तीन बजकर तैंतालीस मिनट हो चुका था। रघु के चारों ओर खड़े इन्स्पेक्टर मलिक, माथुर साहब और शर्मा साहब के दिलों की धड़कनें अचानक तेज हो गई थीं और साँस रुक-सी गई थी। जीभ भी सूखे हुए तालु से चिपक गई थी।

रघुवीरसिंह कटियार यदि चाहता तो इस समय पूरे पुल को उड़ा सकता था। केवल ट्रिगर पर लगे इन्स्टेन्ट फ्यूज को दबाने की देर थी। दुनिया की कोई ताकत उसे ऐसा करने से रोक नहीं सकती थी लेकिन ऐसा करना उसके बस की बात नहीं थी। वो कोई बहादुर आदमी नहीं था। निहायत

डरपोक था, चोरी-डकैती के लिए अब तक पता नहीं कितने कत्ल वो कर चुका था लेकिन ऐसा करते समय उसको अपनी जान का खतरा कभी नहीं होता था। हमेशा उसके हाथ में हथियार होता था और शिकार निहत्था। आज पहली बार उसे अपनी जान भी खतरे में दिखाई दे रही थी। वो कोई देशभक्त या धर्म की भावनाओं से ओतप्रोत सेनानी नहीं, एक खुदगर्ज इन्सान था जिसको अपनी जान बहुत प्यारी थी इसलिए उसने इस समय पुल उड़ाने की बात सोची भी नहीं और अपनी जान बचाने की खातिर सधे हाथों से ट्रिगर में जा रहे नीले-पीले तारों को खींचकर बम को डिफ्यूज कर दिया।

सुबह के चार बजे माथुर साहब और पुलिस अधीक्षक शर्मा साहब माथे पर जमा पसीना पोंछते हुए थके कदमों से अपने कैम्प कार्यालय की ओर चल दिये। पहले झोपड़ियों में आग उसके बाद बम की दहशत। यह सब बिना किसी निर्दोष की जान जाये समाप्त हो गया। माथुर साहब जिस दिमागी तनाव से गुजरे थे उसकी कोई कल्पना नहीं कर सकता था। वह मेला उन्होंने शासन के निर्देश पर नहीं, अपनी जिम्मेदारी पर लगवाया था। उतनी ही जिम्मेदारी पुलिस अधीक्षक ने निभाई थी।

जब तक मेले की बागडोर जिला प्रशासन ने नहीं सँभाली थी वहाँ कुछ भी होने की जिम्मेदारी से यह लोग बच सकते थे। गन्दगी, बीमारी, अँधेरा, लूटपाट, छेड़छाड़ इस सबके आदी थे ही कल्पवासी। साल पर साल वे गंगा तट की बालू में मक्खियों, मच्छरों और गन्दगी भरे वातावरण में अपनी उल्टी-सीधी झोपड़ियाँ डालकर रहते थे। कल्पवासी अन्दरूनी ग्रामीण क्षेत्रों से आते थे जहाँ बिजली या तो थी ही नहीं या खम्बे थे भी तो उनमें करेण्ट नहीं होता था। वही स्थिति यहाँ भी थी। शाम होते ही अँधेरा होता था। कुछ लोग मोमबत्ती और लालटेन से रोशनी का इन्तजाम कर ही लेते थे।

नित्यकर्म करने की कोई दिक्कत भारतवर्ष में लोगों को नहीं होती है। जहाँ मन आया लोटा लेकर बैठ गये। फिर गंगा तट पर जगह की कोई कमी नहीं थी। बालू का समुद्र ही छाया हुआ था चारों ओर। गड्ढा भी तुरन्त खुद जाता था, पानी भी वहीं पर।

सड़क, खेल, तमाशा, मनोरंजन, संगीत, नाटक, चलचित्र, विकास

प्रदर्शनी इन सबको न इन लोगों ने कभी जाना था और न जानने की उम्मीद ही रखते थे इसलिए कभी कोई कमी शायद महसूस नहीं हुई थी।

लेकिन अब। अब जिला प्रशासन ने इस मेले में व्यवस्था कर सारी जिम्मेदारी ओढ़ ली थी। इस वर्ष ग्रामीणों ने देख लिया था कि मेले का मतलब सड़क, रोशनी, सफाई, सुरक्षा, मनोरंजन सब कुछ। ऐसा नहीं कि सबके सब भोले-भाले ग्रामीण खुदगर्ज हों। खुदगर्ज नहीं थे। मेला समिति, जिला प्रशासन की खुले दिल से प्रशंसा की थी उन्होंने। सरकार को बहुत सराहा था उसके लिए। मेला समिति और जिला प्रशासन ही सरकार थे। अब उन्हें उम्मीद हो गई थी कि सरकार यह सब कुछ कर सकती है।

लेकिन इसके साथ ही अब हर बात की जिम्मेदारी जिला प्रशासन और सरकार की थी। मेले में गन्दगी, सफाई विभाग निष्क्रिय। मेले में सायंकाल बत्ती गुल, विद्युत विभाग नकारा। मेले में धूल, मेला समिति द्वारा अव्यवस्था। मेले में बीमारी—स्वास्थ्य विभाग असफल। जनता की खुश-हाली के ठेकेदार हर बात के लिए मेला समिति और जिला प्रशासन को सीधे जिम्मेदार ठहराने लगे थे।

लेकिन माथुर साहब किससे शिकायत करते। अगर करते तो क्या जवाब मिलता। उन्होंने घर बैठे मुसीबत मोल ली थी। किसने कहा था कि अपनी गर्दन इसमें फँसाये। और हुआ भी वही था। न मेला आयोजन होता और न ही झोपड़ियों में आग लगती और पुल पर बम। अगर होता भी तो उसकी सीधी जिम्मेदारी प्रशासन पर नहीं आती। आ बैल मुझे मार। यह कहावत पूर्णतया चरितार्थ हुई थी।

सूरज की किरणें फूटने से पहले की हल्की रोशनी और सर्द हवा के झोंकों का आनन्द लेते हुए माथुर साहब, शर्मा साहब और पत्रकार महोदय गंगा तट पर खड़े थे। इसी समय दूधाधारी बाबा भी स्नान के लिए आ गये। 'नमस्कार बाबाजी' माथुर साहब ने कहा।

"हाँ कलक्टर साहब, आपने बड़ी मेहनत और ईश्वर की कृपा से बहुत बड़ी दुर्घटना होने से बचा ली। अब गंगा नहान कीजियेगा।" बाबाजी ने आशीर्वाद देते हुए कहा।

"गंगा तो आप कई बार नहा लिये होंगे।" पत्रकार महोदय ने माथुर

साहब मे पूछा।

"ह-ह-ह—जी नहीं," माथुर साहब ने सिर हिलाया। मेले के दौरान उन्होंने एक दिन भी गंगा स्नान नहीं किया था। वास्तविकता यह थी कि माथुर माहब कोई धार्मिक प्रवृत्ति के व्यक्ति नहीं थे। विज्ञान के छात्र रहे थे। हर बात को, घटना को विवेक की दृष्टि से देखते थे। अपने छात्र जीवन में वे शायद ही कभी किसी मन्दिर में गये हों। मेला उन्होंने लगवाया अवश्य था लेकिन उन्हें 'गंगा माँ की पाप हरने की शक्ति' में कभी कोई विश्वास नहीं रहा। मेला आयोजन को हमेशा प्रशामनिक कोणों से आँकते रहे। गंगा स्नान की बात उनके दिमाग में पैदा ही नहीं हुई।

"क्या ?" पत्रकार महोदय का मुँह आश्चर्य से खुला रह गया। "आपने मेले में गंगा स्नान नहीं किया।"

"शांतम् पापम्-शांतम् पापम् बेटा, यह गंगा तो सबके पाप धो देती है। इसमें स्नान तो हर एक को करना चाहिए और आज के स्नान की तो महत्ता अपरम्पार है।" दूधाधारी बाबा ने कहा।

"अगर गंगा मइया का प्रताप न होता तो माथुर साहब की कोई ताकत नहीं थी कि इस बम विस्फोट को कोई रोक लेता," वर्मा साहब ने गंगा की धारा की ओर इशारा करते हुए भावनावश कहा।

पता नहीं क्यों आधुनिक विचारधारा रखने का दम भरने वाले जिलाधिकारी, मेला समिति के अध्यक्ष जनाब रवीन्द्र कुमार माथुर को लगा कि गंगा स्नान न करके वास्तव में उन्होंने गम्भीर पाप किया है। उनका हाथ अनायास ही कमीज के बटनों पर चला गया। कमीज-बनियान उतारकर पैंट पहने ही माथुर साहब गंगा की धार में प्रवेश कर गये और डुबकी लगाकर नहाने लगे।

□ □ □